MEMOIRE

POUR

DONAT, PIERRE, ET

LOUIS CALAS,

Au sujet du jugement rendu à Toulouse, contre le Sieur JEAN CALAS leur Pere. Par Monsieur LOYSEAU DE MAULEON, Avocat au Parlement de Paris.

Imprimé sur la Copie de Paris.

A LA HAYE

Chez DANIEL AILLAUD, Libraire,

M. DCC. LXIII.

MEMOIRE

POUR

DONAT, PIERRE et LOUIS CALAS.

UN fils, accablé du poids de la vie, s'eſt tué lui-même dans la maiſon paternelle. Les cris de déſeſpoir que le pere a pouſſés à la vûe du corps de ſon fils, ont été pris pour des cris de réſiſtance & de combat, que ce fils op-poſoit à la barbarie de ſon pere : & l'on a vû le plus tendre des peres expirer comme parricide ſur la roue.

Au récit de ce● incroyable événe-ment, le premier mouvement des lecteurs ſera de le renvoyer dans la claſſe de ces fictions ſiniſtres, faites pour ſemer ſur un théâtre & l'épouvante & la pitié. Plût à Dieu que leur incrédulité fût fondée, & que ce ſiecle eût plus à douter qu'à rou-gir de cette affreuſe hiſtoire ! Mais vingt mille ſpectateurs en ont frémi. C'eſt au milieu de ſes concitoyens que Calas a été conduit à la mort, qu'il a pris l'Etre ſu-prême à témoin de ſon innocence, & qu'il eſt mort en conjurant le Ciel de pardon-

A   ner

ner fon fupplice à fes Juges, Ce fubli-
me fpectacle commença de diffiper les
nuages que le faux zele avoit répandus fur
Touloufe. La haine de la religion que
profeffoient les Calas, venoit de faire immoler le chef de cette famille proteftante. D'autres victimes attendoient, dans
leurs cachots, la même deftinée: c'étoit
fa femme, un de fes fils, & un ami que
la fureur publique avoit enveloppé dans
l'accufation du même meurtre. Frappés
de l'héroïfme que Calas pere avoit fait
paroître en mourant, les Magiftrats voulurent interroger encore ces prétendus
complices. Ceux-ci foutinrent qu'ils n'é-
toient point les affaffins d'un ami, d'un
frere, & d'un fils. Ils protefterent avec
ferment que Calas pere étoit mort innocent comme eux; que ce vieillard étoit
refté près d'eux fans les quitter un feul
inftant, tandis que, fe dérobant à tous
les yeux, Marc-Antoine attentoit à fes
jours. Le voile alors tombe des yeux des
Juges. Ils revoyent les informations &
les charges; ils n'y rencontrent nulles traces de ce projet d'abjuration, qu'une multitude effrénée avoit prêté au fuicide pour
imputer fa mort à fes proches; & ils dé-
livrent de leurs fers des accufés dont l'innocence étoit indivifible, d'avec l'innocence

cence du vieillard qui venoit d'expirer
dans les tourmens.

Ainfi l'erreur s'eft affife parmi les Juges. Ainfi le fanatifme d'un peuple aveu-
gle a fafciné les yeux des fages. Quel
eft donc aujourd'hui mon deffein ? Eft-ce
de verfer des pleurs ftériles fur l'échaf-
faud où cet homme jufte a perdu la vie ?
Qu'a-t-il befoin de nos foupirs & de nos
plaintes? La pureté de fa conduite n'eft-
elle pas connue du Juge infaillible des
Cieux? Mais il a laiffé fur la terre des enfans, que la publicité de fon fupplice a
plongés dans l'opprobre; & c'eft à eux
que je dois tout mon zele. Il eft jufte
que l'innocence & l'intégrité de leur
pere, manifeftées aux yeux de tous, les af-
franchiffent de la flétriffure que nos mœurs
impriment, trop aifément peut-être, fur
la poftérité des coupables.

A l'intérêt de cette malheureufe famille, fe joignent des vûes d'un ordre fupé-
rieur. Cette caufe, j'ofe le dire, eft celle de l'humanité toute entiere; c'eft fur-
tout celle de cette portion de nos compa-
triotes, que l'erreur de leurs opinions
rend à plaindre, fans leur ôter le droit
d'être jugés avec juftice. L'honnêté publique, l'équité, la loi, la nature, tous
les grands liens qui affermiffent la fociété

des

des hommes ont été ébranlés par la fanglante condamnation que des préjugés ont dictée. Mon miniftere eft donc d'expofer enfin au grand jour la vérité que les Tribunaux de Touloufe, qui la cherchoient fans doute, ont eu le malheur de méconnoître. Et l'Arrêt folemnel que notre augufte Prince daignera rendre pour délivrer la mémoire & les fils de Calas de l'ignominie qui les couvre, raffurera un grand nombre de fes fideles fujets, diffipera les allarmes de tous les peres, & fatisfera l'univers dont cette affaire a fixé les regards.

Des défenfeurs qui ont plus de lumieres, & non plus de zele que moi, guident la veuve aux pieds du Trône où le meilleur des Rois eft affis. Ce font les fils qui réclament mes foins.

Daigne la vérité ; dont j'entreprends de venger les droits, ne m'infpirer que des penfées qui foient dignes de la caufe des hommes.

Et vous, triftes enfans, qui me confiez des intérêts fi chers, fouffrez que mes premieres douleurs foient pour les Juges qui ont condamné votre pere. Si ce n'étoit point une forte de blafphême que de dire qu'il eft des maux pires que les vôtres, j'oferois dire que ce font les leurs :

leurs : car puifqu'ils ont eux-mêmes dé-
menti leur premier Arrêt par un Arrêt
contradictoire & inconciliable, c'eft que
leurs yeux fe font enfin ouverts. Et de
quel coup ils ont dû être frappés à ce re-
veil ! Combien ils fouffrent fi leurs regrets font auffi vifs que leurs volontés
étoient pures ? C'eft donc avec refpect
pour les fentimens de leurs cœurs, que
je concours à réparer une partie des maux
que leur illufion involontaire a caufés.
Heureux fi la force de mes difcours peut
égaler l'ardeur des vœux que fûrement
ils forment tous pour un fuccès dont ils
jouïront eux-mêmes !

F A I T.

Jean Calas étoit un Négociant établi
depuis quarante ans à Touloufe. Sa probité, la douceur de fon caractere, & la
fimplicité de fes mœurs, lui avoient con-
cilié l'eftime de fa ville. Il avoit époufé
une femme alliée à la plus haute nobleffe
du Languedoc, mais moins recomman-
dable par fes alliances, que par fes vertus. Il eft vrai que *l'efprit qui fouffle où il
veut*, n'avoit point répandu fes dons fur
ces époux, qui nés tous deux dans le fein
du Proteftantifme, fuivoient avec con-

fiance

fiance la religion de leurs ancêtres. Or nos Provinces méridionales, dont le climat rend les affections si vives, ne se bornent point à plaindre, mais haïssent nos freres séparés. Touloufe signale surtout fa haine par une fête qu'elle célebre tous les ans avec pompe en mémoire d'un fameux maffacre de Huguenots, exécuté dans cette ville il y a deux siecles.

Mais fi Calas avoit, aux yeux des Catholiques du pays, le tort de fuivre la prétendue Réforme, ils fçavoient que cet homme de bien, loin d'avoir la moindre inimitié contre nos dogmes, gardoit depuis trente ans à fon fervice une vieille fille Catholique qui étoit d'une piété parfaite : qu'elle approchoit des Sacremens toutes les femaines : que c'étoit-là la gouvernante qui avoit élevé fes enfans.

Il en avoit fix : Marc-Antoine, Jean-Pierre, Louis, Louis-Donat, & deux filles. Louis Calas s'étoit fait Catholique depuis cinq ans. La pieufe & zélée domeftique avoit été l'un des principaux inftrumens de fa converfion. Jean Calas l'avoit fçu, n'en avoit fait à fa fervante aucun reproche, la conferfoit chez lui, la traitoit avec les mêmes bontés qu'auparavant ; & dans un entretien qu'il eut

eut avec M. de la Motte, Confeiller au Parlement, fur l'abjuration de fon fils : *pourvu, Monfieur*, lui dit-il, *que fon changement foit fincere, je ne puis le defapprouver, parce que gêner les confciences ne fert qu'à faire des hypocrites.* C'eft ainfi que fans combattre les deffeins de la Divinité, qui diftribue comme il lui plaît fur les confciences fa lumiere & fes graces, les judicieux Calas avoient mis leurs principaux foins à faire germer dans l'ame de leurs enfans le goût de la faine morale, des fentimens honnêtes, & des vertus fociales.

Marc-Antoine, l'aîné de tous fes freres, fut le feul qui ne profita point d'une éducation auffi fage. C'étoit un caractere altier & impétueux. La nature lui avoit donné des talens : préfent funefte, quand des obftacles en arrêtent l'emploi. Senfible aux charmes de l'Eloquence, fait lui-même pour réuffir dans la carriere du Barreau, fes inclinations l'y portoient ; les circonftances l'en écartent. Il eût fallu fe procurer, par un parjure, le certificat d'une croyance que fon cœur defavouoit. Ces viles fraudes ne lui convenoient point. Il n'étoit cependant pas propre au Négoce. Sa tête inquiete & bouillante lui eût rendu ce par-

ti

ti auffi dangereux que pénible. Ainfi pri-
vé de toutes reffources, obligé de repri-
mer fes goûts, & réduit à traîner fans
état, fans fortune, une vie humiliante,
il s'affligeoit de fon obfcurité, Le far-
deau de l'oifiveté accabloit fon ame acti-
ve & ambitieufe. Cette ardente imagination n'ayant point où fe prendre, retom-
ba bien-tôt fur elle même ; & des talens,
faute d'effor, devinrent des paffions.

L'exercice des armes, l'agitation de la
paume, l'intérêt & les querelles du jeu,
l'effet des fymphonies bruyantes, l'éclat
& la chaleur des difcours publics, tout
ce qui fait mouvement ou fpectacle, en-
traînoit Marc-Antoine. La vigueur d'un
tempérament très-robufte ajoutoit encore à cette violence de tête; & il couroit
avec la même avidité dans nos Eglifes,
dans les jeux de billard & aux affemblées
du Defert.

Mais ce tumulte ne lui fuffifoit pas; ce
génie vif & fier vouloir agir, avoit befoin d'un rôle; & préférant les dangers
au loifir, il difoit un mois avant fa mort
à fon ami Challier, ,, qu'il étoit réfolu
,, d'aller à Geneve, qu'il s'y feroit rece-
,, voir Miniftre, & reviendroit prêcher
,, les Religionnaires du Royaume ".
,, Mon cher, lui répond fon ami, c'eft
,, un

,, un mauvais métier que celui qui mene
,, à la potence ". ,, Hé bien, réplique
,, Marc-Antoine, je penfe donc a une
,, autre chofe que j'exécuterai ".

De ce moment il fe livra aux rêveries
les plus profondes. Entouré fans ceffe
d'idées noires & conformes à fes triftes
projets, Seneque, Montagne, Skafc-
pear, ce font les livres dont il re-
paiffoit fes ennuis. Il cherchoit dans leurs
fauffes maximes le courage & le droit
d'abréger fes peines. Il déclamoit avec
un plaifir fombre ce célebre monolo-
gue d'Hamelet: *mourir ..... dormir .....*
voilà tout. C'eft à l'école de pareils maîtres qu'il effayoit fes forces: voilà par
quels degrés l'attrabilaire Marc - Antoine s'excitoit & parvint à la cataftro-
phe tragique qui a plongé fon irré-
prochable famille dans un affreux de-
faftre.

Ce fut le 13 Octobre 1761 qu'il exé-
cuta fon deffein. Il avoit dans le cours
de cette fatale journée invité lui-même à
fouper un de fes amis nommé Lavayffe.
Comme ce jeune homme eft impliqué
dans l'événement qui va fuivre, il eft encore indifpenfable de le faire connoître.

Il eft fils d'un ancien Avocat de Touloufe, qui jouït à jufte titre de la plus

haute réputation. Son érudition, ſes talens & ſes ſentimens le font eſtimer &
chérir de ſes Confreres, des Magiſtrats
& du Public. Mais avant que de paſſer
au bien que je vais dire du fils, j'ai une
inquiétude, & je crains qu'à louer ainſi,
l'on ne m'impute d'ajuſter mes éloges à
la Cauſe. A cela je n'ai qu'une réponſe;
c'eſt de ſouhaiter que chacun pût voir
ce jeune homme, au front duquel il ſem-
ble que la vertu ſe ſoit plû d'imprimer
ſes plus aimables caraĉteres. Il joint la
plus belle ame à la plus noble phyſiono-
mie. Il a 20 ans; & dès qu'on apprit
ſon malheur, les différens maîtres qui a-
voient veillé ſur lui depuis ſon enfance
juſqu'à cet âge, s'empreſſerent de lui
prodiguer les plus fortes atteſtations d'application & de ſuccès dans ſes travaux,
de ſageſſe & d'honnêteté dans ſes
mœurs.

Pour expliquer en peu de mots quelle
fatalité l'aſſocia á l'infortune des Calas,
il faut dire que ſon pere, qui l'avoit mis
chez un Négociant de Bordeaux, venoit
de le rappeller auprès de lui; que ce jeune homme arrivant à Touloufe, apprit
que ſon pere étoit à Caraman, ſa campagne; qu'il viſita en paſſant Marc-Antoine; que celui-ci voulut le retenir à

ſou

fouper; que Jean Calas joignit fes inftan-
ces à celles de fon fils. Il n'étoit que
cinq heures. Le jeune Lavayffe promit
de revenir, puis alla chercher dans la
Ville un cheval, pour fe rendre le lendemain à la campagne de fon pere, & il
revint vers les fept heures chez les Calas.
Il monta dans l'appartement de la dame
Calas; elle y étoit avec fon mari & fon
fils Marc-Antoine.

Celui-ci vit entrer fon ami fans fe le-
ver, fans dire un mot, étendu dans un
fauteuil, la tête appuyée fur fa main,
l'œil égaré, le vifage pâle & abforbé dans
fes penfées. Mais comme il étoit taciturne depuis du tems, fes parens ne remar-
quoient plus fon air fombre. Peu de tems
après on paffa dans une piece voifine où
le fouper étoit fervi. Calas pere, la dame Calas, les deux freres Marc-Antoine
& Pierre, & le jeune Lavayffe fe mirent à table: il n'y avoit d'étranger que
Lavayffe. Marc-Antoine mangea peu,
fe leva de table avant les autres, paffa
dans la cuifine. *Avez vous froid, Monfieur
l'aîné*, lui dit la Domeftique? *Au contraire*, répondit-il, *je brûle*, & auffi-tôt il
difparut.

Le foupé fini, l'on rentra dans la cham-
bre de la dame Calas, elle, fon mari,
leur

leur fils Pierre & Lavaysse. Peu inquiets de l'absence de Marc-Antoine, qu'on croyoit, selon sa coutume, au Billard, ils se remirent à converser dans la plus grande sécurité, & ne se quitterent qu'au moment où Lavaysse se retira. Pierre Calas prit alors un flambeau, & le suivit pour l'éclairer. Mais descendus dans l'allée qui conduit à la rue, ils trouvent la porte de la boutique ouverte. Ils entrent pour en chercher la cause. Quel saisissement! quel spectacle! ils voyent le corps de Marc-Antoine suspendu entre les deux battans de la porte qui communique de la boutique au magasin.

Glacés d'effroi, ils jettent tous deux ces cris perçans que la douleur arrache à l'ame épouvantée. A leurs cris Calas se hâte de descendre. Que voit-il? N'essayons point de rendre la révolution qu'il éprouve; il mêle ses cris aux leurs. Sa femme, qui l'entend, veut le suivre; Lavaysse s'élance au-devant d'elle, l'arrête & la fait remonter. Pendant qu'il la retient, Calas & son fils Pierre dépendent le cadavre, lui ôtent la corde & l'etendent sur le plancher. Lavaysse vole aussitôt chez le Chirurgien Gosse: Pierre en fait autant; ils l'amenent. A peine la mere de Marc-Antoine est libre, qu'elle

ac-

accourt toute tremblante. Quel objet pour les yeux d'une mere! elle voit fon fils étendu par terre. Son cœur fe brife; les cris redoublent; elle fe précipite fur fon fils, l'arrofe de fes larmes, le releve, lui fait prendre des eaux fpiritueu-fes. Mais c'eft en vain qu'elle veut dou-ter de fon malheur. Goffe examine le corps avec foin, & le trouve affez froid pour juger qu'il eft fans vie depuis deux heures.

Les fanglots & les cris des Calas avoient percé les murs. La populace auf-fitôt s'attroupa. Elle apprit que Marc-Antoine étoit mort. Les mouvemens que Lavayffe & Pierre s'étoient donnés avant que de rencontrer Goffe, en avoient fémé le bruit. Mais cette populace igno-roit le genre de fa mort. Car dès que la douleur eut permis les réflexions aux Calas, leur premier foin avoit été de con-venir entre eux que, pour fouftraire la mémoire & le corps de Marc-Antoine à d'infamantes condamnations, ils garde-roient un fecret inviolable fur la maniere dont il avoit péri.

Son crime n'étoit que trop certain. Le noir chagrin qui l'accabloit avant que de le commettre; la fufpenfion, qui eft l'inftrument ordinaire des fuicides; le
fi-

filence qui avoit régné dans la maifon durant cette funefte opération ; la
forte d'impreffion que la corde avoit
laiffée fur les chairs ; l'habit du mort
plié fur le comptoir ; fon corps qui ne
portoit l'empreinte d'aucun coup ; fon
linge qui n'avoit nulle marque de defordre ; fa chevelure auffi bien arrangée
qu'auparavant ; tout démontroit qu'il
étoit mort fans réfiftance , & fans autre
affaffin que lui-même.

Les Calas avoient donc concerté d'enfe-
velir cet événement dans une nuit profonde ; & quand Calas pere envoya le jeune
Lavayffe requérir les Juges de venir conftater la mort , & permettre l'inhumation
de fon fils : ,, gardez-vous bien , repéta-
,, t-il à ce jeune homme , gardez-vous
,, fur-tout, pour l'honneur de notre mal-
,, heureufe famille , de confier à per-
,, fonne que mon fils s'eft détruit lui-
,, même ''.

Ce furent les Capitouls David & Brive
qui fe tranfporterent fur les lieux. Ils furent témoins de la douleur la plus amere
& la plus vraie que l'ame humaine puiffe
fentir. Mais tandis qu'ils attendoient les
Chirurgiens , mandés pour conftater l'état
du cadavre , le peuple qui affiégeoit la
porte , ce peuple amoureux d'avantures
fi-

finiſtres & extraordinaires, raiſonnoit, conjecturoit, s'épuiſoit en propos abſur- des ; & tout-à-coup une voix s'éleve du milieu de la foule, qui publie ,, que ,, Marc-Antoine eſt un Martyr ; que ſon ,, pere l'a tué parce qu'il s'alloit faire Ca- ,, tholique ".

Cette rumeur frappe l'oreille du ſieur David ; il l'a ſaiſit avec avidité : elle fait l'impreſſion la plus forte ſur l'eſprit de ce Capitoul, homme naturellement plein de feu. Les fonctions qu'il exerce rendent ſouvent néceſſaire la chaleur qu'il donne aux affaires. Il eſt chargé de la premie- re police à Toulouſe. Infatigable dans les détails qu'elle exige, on le voit à tou- te heure dans les Egliſes, dans les Mar- chés, dans les Places publiques. Sa vi- gilance, ſa fermeté, un long uſage, & ſur-tout ſon exceſſive vivacité lui ont ac- quis un nom. Les géns querelleurs & dé- bauchés le craignent : il eſt le fleau des méchans, & mérite à ce titre la re- connoiſſance & l'eſtime de ſes conci- tōyens.

Mais diſons-le, ce caractere & ce genre de vie l'habituent à traiter militairement toute affaire. Familiariſé par état avec la méchanceté des hommes, les crimes n'ont plus rien qui l'étonne ; & l'incroyable

atro-

atrocité imputée aux Calas lui parut poffible, vraifemblable : c'eſt trop peu dire,
il y ajouta foi.

De ce moment il ne fut plus à lui ; il
ne parloit plus que de vanger les intérêts
du ciel ; il ſe flattoit d'élever bientôt des
autels ſur les débris des maiſons proteſ-
tantes. Au trouble qui s'empara de ſes
ſens, il crut ſentir cette inſpiration qui
fait les Apôtres, & ce n'étoit que ce fu-
perſtitieux délire qui pouſſe l'homme aux
cruautés.

Il ordonna que l'on ſe ſaiſit des Calas,
du jeune Lavayſſe & de la Domeſtique.
Ce fut en vain que ſon Collégue, homme
plus ſage, voulut ſuſpendre une entre-
priſe auſſi précipitée. En vain lui repré-
ſenta-t-il que l'affliction profonde dont il
les avoit trouvé pénétrés ; que leur em-
preſſement pour donner du ſecours à leur
fils ; que la requiſition qu'ils avoient faite
eux-mêmes des Officiers de Juſtice ; que
la diſpoſition des lieux, ainſi que l'heure
du trépas, puiſque c'étoit à l'entrée de
la nuit & ſur la rue la plus fréquentée,
que Marc-Antoine étoit mort ; mais plus
que tout cela, que les titres ſacrés de
pere, de fils, de mere, repouſſoient un
ſoupçon barbare ; que parmi ceux-mê-
mes qui l'avoient répandu, aucun n'o

s'en

s'en avouer l'auteur; qu'un emprifonnement fi prompt donneroit du crédit &
de la confiftance à un propos vaguement
hafardé. ,, Hé bien! n'importe, reprend
,, avec violence le fieur David, je prends
,, tout fur mon compte; qu'on les
,, emmene?

Ce n'eft pas tout: la Loi auffi jaloufe
d'éclairer l'innocence, qu'attentive à
pourfuivre le crime, lui enjoignoit de
conftater, *fans déplacer & fur le champ*,
tout ce qui chargeroit ou juftifieroit les
Calas. Et auffi fourd aux ordres de la
Loi, qu'aux remontrances de fon Collégue, ce Capitoul ne daigna conftater ni
le genre de la mort, ni l'impreffion de
la corde, ni le lieu, ni l'heure du délit,
ni l'état du corps, des habits, du linge,
des papiers & des livres de Marc-Antoine, ni les difcours & la contenance des
Calas, ni la fituation de leurs vêtemens,
de leurs cheveux, de tout leur extérieur,
ni celle, fur-tout, de leur ame. Il falloit
lire dans leurs yeux, dans leurs geftes,
dans la nature de leurs gémiffemens.
Couvroient-ils d'un mafque de douleur ce
trouble que le moment du crime caufe
aux plus hardis fcélerats? ou fuccom-
boient-ils en effet fous le coup qui donne
à fes parens la perte imprévue d'un
fils?

B

fils? Voilà les importans détails qu'il devoit configner fur l'heure par écrit.

S'il eût fait les recherches prefcrites, il
auroit vû qu'un jeune homme qui, plein
de force, eût défendu fa vie, n'avoit fur
lui nulle meurtriffure qui prouvât un combat. Il eût trouvé le billot & la corde.
Le billot eût été replacé fur les deux battans de la porte. La corde l'eût été fur
les traces imprimées au col du cadavre.
Que de lumieres ces épreuves auroient
répandues ! au lieu que dés fon premier
pas, il foula aux pieds toutes regles, ne
rédigea aucun Procès-verbal, & par-là fit
perdre aux Accufés une défenfe & des
preuves qui étoient de droit naturel.

De quel nom appellerons-nous cette
conduite ? A la juger fur ces funeftes conféquences, jamais prévarication ne fut plus
criante. Mais fi l'intention fait le crime,
épargnons au fieur David des reproches
qu'il ne mérite point. Il s'égara par efprit d'enthoufiafme. L'aveuglement, &
non la volonté, lui fit commettre d'irré-
parables fautes. Il prit pour clameur publique un foubçon échappé du milieu d'un vain
peuple. Il oublia que la clameur n'exige
d'emprifonnement fubit, que quand des
préfomptions violentes & vraifemblables
l'accompagnent; comme fi plufieurs voix
s'u-

s'uniſſoient pour s'écrier, *j'ai vu le crime & voilà le coupable ; le voyez-vous ? comme il eſt troublé, comme il fuit* ; parce qu'alors de pareils cris équivalent au flagrant délit. Il ne vit pas que la préſomption due aux ſentimens de la nature, méritoit bien de l'emporter ſur une conjecture inſenſée ; & ſans examen, ſans indices, il fit ſaiſir des Citoyens connus, domiciliés, en poſſeſſion de l'eſtime publique, qui, loin de fuir, avoient eux-mêmes requis les Juges, & pour tout dire en un ſeul mot, il fit ſaiſir un pere, une mere & un frere ; les fit conduire à l'Hôtel-de-Ville par ſon Eſcorte, & y fit tranſporter le cadavre.

Ce qu'avoit prévu le ſieur Brive, arriva. La vûe des Priſonniers donna bientôt de l'accroiſſement & du poids à une accuſation qui ſeroit tombée d'elle-même. On diſoit dans Toulouſe qu'il falloit que le ſieur David eût fait des découvertes bien terribles, pour s'être porté à cette extrémité contre des gens que leur qualité ſeule mettoit à l'abri des ſoupçons ; qu'apparemment on les avoit ſurpris ſerrant eux-mêmes de leurs propres mains le nœud fatal qui avoit étranglé Marc-Antoine. C'eſt ainſi que les fautes réelles du Capitoul accréditoient le forfait chimérique des Calas. C'eſt ainſi que leur

cap-

captivité, qui n'auroit dû être que l'effet
de la rumeur univerſelle, en devint elle-
même le principe.

Pour eux , uniquement livrés à leur
douleur, ils ſuivoient en pleurant le corps
de leur fils , & ne ſe doutoient gueres de
la fermentation que leur marche excitoit
dans les eſprits. Car ils comptoient qu'on
ne les eſcortoit ainſi, que pour conſtater ,
par leurs dépoſitions, le ſuicide de Marc-
Antoine.   Auſſi lorſqu'on leur demanda
comment il étoit mort , ils répondirent ce
qu'ils étoient convenus entre eux de répondre. Ce déguiſement, après tout, ne
leur étoit dicté que par la piété paternelle.   Ils dirent donc qu'ils avoient trouvé
Marc - Antoine étendu ſur le plancher.
Tant ils étoient loin de penſer qu'en
écartant, par cette feinte, l'idée du ſuicide , ils alloient faire retomber le ſoupçon
du meurtre ſur eux-mêmes ! C'eſt pourtant ce qu'ils éprouverent.   Ils furent
auſſitôt décrétés. On les fit deſcendre
dans les priſons. On leur apprit que
c'étoit à eux qu'on attribuoit la mort de
leur fils. Surcroit inattendu d'un malheur qu'ils croyoient au comble ! Ce coup
de poignard les renverſe. Déchirés par
l'extrême douleur dont la perte d'un fils
chéri les pénétroit, & accablés ſous la
bar-

barbarie d'un decret qui les taxoit de l'avoir fait périr , ils fe perdoient dans l'excès de leurs maux.

Ce ne fut qu'à l'Hôtel-de-Ville que le fieur David dreffa enfin fon Procès-verbal de defcente. Il fentit fa faute. On affure que pour la couvrir, par une faute plus grande encore, il le data de la maifon du mort. Les enfans de Calas firent dreffer une Requête en infcription de faux contre la date de ce Procès-verbal. Le Procureur qui la préfenta, fut interdit pour trois mois. Et comment le verbal fut-il rédigé? de mémoire, après coup, hors la préfence des Parties, loin de l'endroit du crime, fans nulle infpection préalable du cadavre, des lieux, des tems, des maintiens, des difcours, & bien après cet état des premiers momens fi décifif & impoffible à refaifir.

Cependant le bruit du parricide voloit de bouche en bouche. On racontoit par-tout que Calas pere avoit exécuté avec fa femme & le plus jeune de fes enfans, le complot d'immoler fon fils Marc-Antoine à fa haine pour la Religion Catholique. La nouvelle étoit incroyable, étoit abfurde ; mais l'intérêt de la Religion s'y mêloit, & le faux zele fit recevoir avec avidité la plus folle impofture.

ture. Soit simplicité, soit compassion,
soit piété, soit noirceur, tous accueil-
loient la calomnie, y ajoutoient leurs
conjectures, détailloient même les circonstances. C'étoit dès demain, disoit l'un,
que Marc-Antoine devoit faire son abjuration. Le Rit protestant, disoit l'autre,
ordonne aux peres, dans ces cas-là, d'é-
gorger leurs enfans. Vous dites si vrai,
reprenoit un troisiéme, qu'ils ont dans
leur derniere Assemblée, nommé un
bourreau de la secte. Quant à ceux qui
avoient entendu les plaintes que les Calas
avoient poussées à la vûe du corps de leur
fils, ils ne manquoient pas d'affirmer que
c'étoit les cris du mourant luttant contre
les parricides. C'est ainsi que le fanatisme
empoisonnoit tous les cœurs. Ses progrès
n'épargnerent personne. Les plus sensés
s'en laisserent atteindre, & l'esprit d'im-
prudence & d'erreur s'étendit sur la Ville
entiere.

Elle approchoit de cette fête si cruelle-
ment établie pour solemnifer ce massacre
de Huguenots d'ont j'ai parlé. Les fureurs
de l'enthousiasme l'avoient fondée, les
mêmes fureurs la célébroient. Mais l'année 1762. n'étoit pas un simple anniver-
saire ; c'étoit la grande année, l'année
centenaire où les pompes redoubloient
avec

avec la ferveur. Les retraites, les jeunes,
les irritantes méditations difpofoient les
confcienfes à bien entrer dans l'efprit de
la fête. Elles n'efpéroient gagner, qu'à
force de haine contre les Hérétiques, le
jubilé, les indulgences, enfin toutes les
graces attachées au jour féculaire. Quel
triomphe c'étoit pour le fanatifme de fixer
& d'appliquer à des objets réels une aver-
fion que, fans cela, Touloufe n'auroit que
vaguement fentie contre toute la fecte!
Déja les imaginations élevoient les gibets,
dreffoient les roues, allumoient les bu-
chers où devoient périr les Calas. Le
peuple demandoit hautement qu'on lui
réfervât les victimes pour le grand jour,
afin d'offrir folemnellement en holocaufte
le fang d'un pere, d'une mere & d'un fils.
Le Capitoul s'applaudiffoit de ce mouvement populaire, qui fembloit juftifier fes
démarches; & il ne voyoit pas que c'étoit
fes démarches qui feules avoient jetté les
premieres étincelles de l'incendie.

Il s'occupa à faire fubir aux Accufés
un interrogatoire juridique. Lorfqu'il
leur eut demandé la vérité fous la foi du
ferment, & que ceux-ci hors d'état de
fauver l'honneur de leur fils, virent qu'ils
ne devoient plus fonger qu'à fauver leur
propre vie, unanimes alors fans concert,

ils

ils mirent bas toute diffimulation. Calas & Pierre répondirent féparément, fans s'être vûs, fans avoir pû fe voir, qu'ils avoient trouvé Marc-Antoine fufpendu à un billot, établi fur les deux battans d'une porte. Ils déclarerent l'heure de fa mort. Ils déclarerent qu'il 'avoit foupé avec eux. Ils fpécifierent les mets qu'il avoit pris.

Lamarque fut chargé d'ouvrir l'eftomac du cadavre pour vérifier les alimens. Il eft vrai que ce Chirurgien ignorant, ayant étalé d'office fur les regles phyfiques de la digeftion une longue differtation qui n'étoit point de fon reffort, en conclut qu'il y avoit au moment de la mort trois ou quatre heures que Marc-Antoine avoit mangé. Il fe trompoit. Il n'y en avoit que deux que les nourritures étoient prifes. Quoi qu'il en foit, Lamarque les trouva d'une efpece conforme aux déclarations des Calas.

Enfuite le Capitoul fe tranfporta chez eux pour procéder enfin à cette vifite des lieux que l'Ordonnance, comme on l'a dit, lui avoit prefcrit de faire fur le champ & fans déplacer Mais il eut beau chercher avec foin dans les livres, les armoires & les papiers de Marc-Antoine, quelques indices de l'abjuration dont on

lui

lui fuppofoit le deffein ; il n'y trouva ni
crucifix, ni chapelet, ni livres d'heures,
ni livres de controverfe, ni catéchifme,
aucun veftige enfin des inftructions &
des prieres qu'à la veille de fon abjuration tout profélyte auroit eues infaillible-
ment. Cette obfervation importante méritoit bien d'être exprimée fur le Procès-
verbal. L'Ordonnance criminelle veut
abfolument qu'on les dreffe *à décharge comme à* (*) *conviction.* L'exécution de la
Loi eût calmé cette chaleur du peuple,
qui n'étoit née & ne s'entretenoit que
par la fauffe idée de ce projet de converfion prêté au mort.

Toutefois une jufte efpérance foutenoit
les Calas. Ils la fondoient fur les deux
témoins oculaires qu'ils avoient de leur
innocence ; c'étoient le jeune Lavayffe
& la fervante. Lavayffe, fe difoient-ils
à eux-mêmes dans leurs cachots, ne nous
a point quittés d'un feul inftant, & fans
doute il le dépofera. La fille qui nous
fervoit à table, nous a toujours ou vus
ou entendus, elle le dira de même ; &
du moins les dépofitions de ces deux témoins néceffaires, ouvriront les yeux à
des hommes affez dénaturés pour ne pas
trou-

(*) Ordon. de 1670. tit. 4. art. 1.

B 5

trouver en eux-mêmes de quoi confondre la plus révoltante imposture.

Ces Infortunés s'abusoient. Pour leur ravir des témoignages auxquels il auroit fallu se rendre, on feignit de croire que la servante, cette Catholique zélée, qui avoit converti Louis Calas, qui venoit même de communier deux jours avant le suicide de Marc-Antoine, s'étoit associée à un meurtre commis en haine de cette religion qu'elle pratiquoit avec tant d'amour. On feignit de croire que les Calas avoient confié leur projet à un étranger, à un passant, à un ami du mort, à un jeune homme de 19 ans, & que ce jeune homme oubliant tout-à coup ces principes héréditaires d'honneur & de vertu qui le rendoient si cher aux gens de bien, étoit entré dans le complot sans balancer, sans intérêt, pour le seul plaisir d'égorger son ami.

Aussi-tôt le jeune Lavaysse & la servante sont mis au nombre des Accusés. Le Chef du (*) Consistoire les fait emprisonner sans titres ; sans preuves, sans soupçons, sans indices. Qui donc les avoit dénoncés ? qui les chargeoit ? qui les nommoit ? pas une voix ne s'élevoit contre eux : ensorte qu'à observer les

(*) M. Fuget.

les regles, ils n'avoient d'autre perfonnage
à faire que celui de témoins. Si on leur
eût laiffé leur vrai rôle, vingt-quatre
heures fuffifoient pour terminer l'affaire,
& venger la nature des délires d'un peuple
aveuglé. Mais les Capitouls commence-
rent par étouffer toute lumiere en
chargeant de chaînes les deux feuls êtres
de l'univers qui euffent vu par eux-mêmes
la vérité. Puis, par une dérifion bien
étrange, ils firent informer; c'eft-à-dire
qu'ils demanderent à être éclairés par un
peuple qui, outre l'aveuglement que fa
paffion lui caufoit, ne fçavoit rien, ne
pouvoit rien fçavoir.

Auffi lorfqu'il fut queftion de dépofer,
cette ville qui retentiffoit de toutes parts
des cris de la plus vive indignation contre les Calas, ne trouva pas un feul
homme dans fon enceinte qui ofât parler
contr'eux. Car tant qu'animés par le
choc de leurs vifions mutuelles, les citoyens murmuroient de concert; l'un
s'irritoit fur la foi de l'autre, celui-ci
fur la foi d'un troifieme, ainfi de tous;
& dans leur trouble ils prenoient ce bruit
pour des preuves. Mais lorfqu'avertis
d'expofer en leurs propres noms à des
Officiers de Juftice leurs connoiffances
perfonnelles, ils voulurent examiner de
plus

plus près ce qu'ils avoient à dire , ils reconnurent leur ignorance ; & perfonne ne put tirer de leurs déclamations tumultueufes la plus légere circonftance, ni l'ombre même de la préfomption la plus foible. La crainte des peines dûes au parjure ralentit l'agitation publique: de forte que des informations qui , d'apres l'effervefcence générale , promettoient d'être fi concluantes , ne fournirent pas même un indice.

Quels refforts fit-on jouer pour rendre aux efprits leur violence, & leur donner l'audace qui leur manquoit? Les propos de la plus obfcure populace , les conjectures des méchans qui fe plaifant à croire les grands crimes , font foigneufement ramaffés. On en compofe un écrit artificieux qu'on livre à la fureur du peuple. On le lui livre avec ordre de dépofer s'il fçait quelqu'un des faits que ce papier renferme: La fin qu'on s'y propofe n'eft pas de découvrir par qui le crime a été commis , s'il l'a été par les parens du mort, ou par des étrangers , ou par Marc-Antoine lui-même. Cette recherche étoit cependant d'etroite néceffité, puifqu'elle étoit d'équité naturelle; mais on ne met feulement pas en doute que
Calas

Calas pere, fa femme & leur fils Pierre
ne foient les vrais coupables. On pré-
fuppofe le parricide. Le plus exécrable
des trois forfaits eft adopté de préférence.
On le regarde comme avéré , comme
conftant. Si même quelqu'un avoit envie
de difculper les Calas , la tournure de
cet écrit eft telle que ce temoin ne feroit
pas admis. Tous les détails n'y font
préfentés qu'a leur charge. Par-là tout
fait qui ne les chargeroit pas eft étranger,
& dès-lors écarté de droit. Car ce n'eft
pas de chercher s'ils font criminels; mais
de prouver qu'ils le font qu'on s'occupe.
Ainfi l'on commence par attefter au peuple l'exiftence d'un crime *qui*, lui dit-on,
eft des plus déteftables. On raporte & l'on
fixe toutes fes penfées à ce feul point:
on réalife à fes propres yeux fes chimeres : on profcrit d'avance tout témoignagne
favorable aux Calas: en un mot, l'ordre
de dépofer n'eft donné,

   ,, Qu'a ceux qui fçauront par oui dire
,, ou autrement , que Marc-Antoine ,
,, avoit renoncé à la Religion prétendue
,, réformée, dans laquelle il avoit reçu
,, l'éducation; quil affiftoit aux cérémo-
,, nies de l'Eglife Catholique, Apoftolique,
,, & Romaine ; qu'il fe préfentoit au
                  ,, Sa-

„ Sacrement de Pénitence, & qu'il devoit
„ faire abjuration publique après le trei-
„ ze du préfent mois d'Octobre.

„ Qu'à ceux qui fçauront par ouï dire
„ ou autrement; qu'à caufe de ce chan-
„ gement de croyance, Marc-Antoine
„ étoit menacé, maltraité, & regardé
„ de mauvais œil dans fa maifon; que la
„ perfonne qui le menaçoit lui a dit,
„ que s'il faifoit abjuration, il n'auroit
„ d'autre bourreau que lui.

„ Qu'à ceux qui fçavent par ouï dire
„ ou autrement, qu'une femme qui paffe
„ pour attachée à l'héréfie, incitoit fon
„ mari à de pareilles menaces, & me-
„ naçoit elle-même Marc-Antoine.

„ Qu'à ceux qui fçavent par ouï dire
„ ou autrement, que le 13 du mois
„ courant au matin, il fe tint une déli-
„ bération dans une maifon de la Paroiffe
„ de la Dorade, où la mort de Marc-
„ Antoine fut refolue ou confeillée, &
„ qui auront le même matin vû entrer
„ ou fortir de ladite maifon un certain
„ nombre de perfonnes.

„ Qu'à ceux qui fçavent par ouï dire
„ ou autrement, que le même jour 13
„ du même mois d'Octobre, depuis l'en-
„ trée de la nuit jufques vers les dix
„ heures, cette exécrable délibération
fut

„ fut exécutée, en faisant mettre Marc-
„ Antoine à genoux, qui par surprise
„ ou de force, fut étranglé ou pendu
„ avec une corde à deux nœuds coulans.

„ Qu'à ceux qui ont entendu une voix
„ criant à l'assassin ; & de suite, ah !
„ mon Dieu, que vous ai-je fait ? Fai-
„ tes-moi grace ; la même voix étant
„ devenue plaignante, & disant, ah,
„ mon Dieu ! ah, mon Dieu !

„ Qu'à ceux auxquels Marc-Antoine
„ auroit communiqué les inquiétudes qu'il
„ essuyoit dans sa maison ; ce qui le
„ rendoit triste & mélancolique.

„ Qu'à ceux qui sçavent qu'il arriva
„ de Bordeaux la veille du 13 un jeune
„ homme de cette ville, qui n'ayant
„ point trouvé de chevaux pour aller
„ joindre ses parens qui étoient à leur
„ campagne, ayant été arrêté à souper
„ dans une maison, fut présent, con-
„ sentant ou participant à l'action.

„ Enfin, qu'à ceux qui sçavent par oui
„ dire ou autrement, qui sont les auteurs,
„ fauteurs, adhérens, de ce crime qui
„ est des plus détestables „.

C'est en ces termes qu'est conçu l'un
des plus singuliers monumens, que la fureur de l'homme ait encore élévés à l'idole
du fanatisme. Si donc quelqu'un a vû des
af-

affaffins étrangers fe gliffer dans la maifon du mort, porter même leurs mains fur lui, ou fi Marc-Antoine a verfé dans le fein de quelque confident fon deffein de fe donner la mort : Que ces témoins s'éloignent. Les tribunaux ne leur font point ouverts. C'eft contre le pere, contre la mere, contre le frere, contre l'ami du mort qu'il faut parler, pour obtenir d'être entendu. Le manifefte, car c'en eft un, ne défigne qu'eux, n'accufe qu'eux, n'en veut qu'à eux. Et dans quel raffinement de combinaifons malicieufes, l'auteur de cette piece a fçu defcendre pour prêter du corps au phantôme qu'il livroit au peuple ? Son grand art n'eft point ce qu'il donne pour réel & indubitable un parricide qui n'exifta jamais : ce n'eft-là qu'un menfonge. Mais c'eft de ce qu'il le montre fous tant de faces, que chacun puiffe enfin fe perfuader à foi-même qu'en effet à y mieux réfléchir, il fe trouve plus inftruit qu'il ne croyoit de particularités qui y tiennent. C'eft-là le comble de l'artifice ; c'eft-là ce qui acheve de rendre aux habitans de Touloufe leur illufion & leur acharnement.

Il y a plus : tout-à-l'heure ils craignoient de parler : c'eft, s'ils fe taifent, qu'ils ont actuellement tout à craindre. La frayeur

d'une

d'une flétriffure paffagere les éloignoit des Tribunaux: la frayeur d'un fupplice éternel les y pouffe. Car cet acte fanglant qu'on a vû, il faut enfin l'appeller par fon nom. Ce font les chefs d'un monitoire que les Capitouls de Touloufe obtinrent du Vicaire-Général. Quel trifte abus des inftitutions les plus faintes! Deux fois on le publie dans toutes les Paroiffes de la Ville. C'eft avec le plus grand éclat; c'eft fous les peines d'une excommunication authentique. Qui ne fent les prodigieux effets que ce fignal de mort dût produire fur des têtes dejà fi embrafées d'elles-mêmes? Toute digue fe brife; & le torrent eft d'autant plus terrible dans fes ravages, qu'il femble commandé de Dieu même. Des nuages pires que les premiers, & qui portent la mort dans leurs flancs, s'élevent du Lieu Saint & des Chaires érigées à la Vérité. Egarés fur la foi de leurs chefs, les habitans font profondément convaincus de la réalité du forfait; & effrayés des menaces que les Miniftres de Dieu leur annoncent, la crainte de lui defobéir, leur fait trouver fes ordres dans chaque objet qui a frappé leurs fens.

Si ce goût que Marc-Antoine avoit pour les Cérémonies publiques: fi même

C   quel-

quelque intérêt plus tendre , & une
curiosité moins permise dans ses augustes
lieux: si son amour pour le chant : si
l'espérance d'obtenir, à la faveur de ces
démarches extérieures, un certificat pour
le Barreau, sans s'abaisser à d'autres actes incompatibles avec sa foi: si même
le desœuvrement qui seul fait faire sans
objet & sans volonté tant de choses ; si
toutes ces causes l'ont quelquefois conduit
dans nos Temples ; si le hazard l'a fait
y prendre place dans des Confessionnaux,
comme il eût pû se placer ailleurs; si sa
passion pour l'éloquence lui a fait suivre
le Pere Torné , ou d'autres Orateurs
moins célebres ; on ne doute plus que la
grace ne l'entraînât aux pieds de nos Autels : & l'on court révéler qu'on l'a vû
s'unir à nos prieres, à nos instructions,
à nos Sacremens, à nos Mysteres.

Si les pertes que Marc-Antoine , qui
étoit joueur , a faites à la paume , au
billard, lui ont donné l'air sombre ; si le
projet de se détruire, qu'il rouloit depuis
du tems dans ses pensées, l'a fait paroître taciturne : on ne doute plus que *ce qui
le rendoit*, pour parler le langage du Monitoire , *mélancolique & triste* , ne fût les
inquiétudes qu'il essuyoit dans sa maison. On ne doute plus *qu'il ny fut maltraité* ,

traité , regardé de mauvais œil , menacé.

Son pere touché de son desordre & de sa pente au jeu, lui en a-t-il fait de vifs reproches? A-t-il dit en envisageant les suites d'une passion également funeste à la fortune & à l'honneur, que *si son malheureux fils ne change, il périra ?* Ces mots rapidement saisis par un sieur Bergereau qui passoit, se retracent à sa mémoire sous le rapport qui le préoccupe. Il croit se rappeller des menaces de mort; il les applique à l'objet présent, & dépose qu'il lui a entendu dire de son fils : *s'il change de religion, je le tuerai.* Or une observation qu'il ne faut point obmettre, toute méprisable que cette déposition puisse être, c'est que Bergereau est un témoin unique, & conséquemment il est nul. Car si une femme de la lie du peuple, nommée Coudere, à laquelle Jean Calas venoit de refuser depuis peu des indiennes à crédit, a aussi déposé ,, qu'elle a-
,, voit vû Calas tenant son fils au collet,
,, lui disant, *si tu ne changes je te servirai*
,, *de bourreau* ": Touchée de repentir, elle déclara publiquement sur la place de l'Hôtel-de-Ville, "que c'étoit par ,, erreur qu'on avoit inféré dans sa depo-
,, sition qu'elle avoit vû ", *qu'elle n'avoit entendu déposer de ce fait que par oui dire.*

C'é-

C'étoit fans doute les propos de Bergereau, que cette femme vindicative avoit
indifcretement répétés.

Quoi qu'il en foit, entre les témoins
entendus fur les menaces imputées à
Calas, Bergereau eft le feul qui dépofe
comme inftruit directement & par lui-
même. Et de quoi dépofe t-il ? On
vient de le voir : ce n'eft point à un
changement de religion, dont il ne fut
jamais queftion ; c'étoit à un changement
de conduite que s'appliquoit le difcours
du pere. Mais le témoin, tout rempli du
faux fens qu'il prête à la chofe, défigure
les mots ; & de plus, quand ce mot *je te
tuerai*, que Calas n'a pas dit, feroit tel
que le témoin l'a rendu ; ce ne feroit
encore que l'une de ces expreffions ou-
trées, non-réfléchies, que place fur les
levres des peres, l'exès même de leur tendreffe pour des enfans qui ont des torts
graves.

Enfin, fi Calas pere, glacé d'horreur
à la vûe du corps de fon fils, fi fa femme, fi fon fils Pierre, fi Lavayffe, fi la
fervante effrayés de cet affreux fpectacle, jettent tous des cris perçans, &
rempliffent le voifinage du bruit confus
de leurs gémiffemens : le peuple affermi
par le Monitoire, dans la perfuafion de
leur

leur crime, se hâte d'y ajuster ces sons
inarticulés, mal-entendus. La demoiselle
Pouchelon qui, il est vrai, s'est ré-
tractée depuis; un garçon Passementier,
nommé Popis, la servante du sieur du
Casson, révelent qu'à neuf heures &
demie, tems où le corps de Marc-Antoine étoit, selon le Chirurgien Gosse;
froid comme un marbre, ils l'ont entendu crier, *au voleur, on m'assassine, on
m'étrangle.* Mais ils prennent évidemment le change, & confondent ces
lamentations redoublées, *Ah, mon Dieu!
Ah, mon Dieu!* qui fortement poussées
par plusieurs voix que la douleur altere,
forment indistinctement dans le lointain
le même effet que cette invocation de se-
cours, que leur egarement actuel leur
persuade avoir entendu.

Mais écoutons plûtôt le sieur Delpeche,
qui dépose " qu'on crioit, qu'on se de-
,, sespéroit, & que c'est ce qui l'attira à la
,, porte; que Pierre Calas lui dit avec
,, transport, *mon Dieu, mon ami, viens
,, voir mon frere mort* "! Ecoutons la demoiselle Pouchelon, qui dépose " que le
,, pere & la mere crioient sans cesse,
,, *ah, mon Dieu! ah, mon Dieu* "! Ecoutons le sieur Gosse, qui dépose " que la
,, mere pleuroit beaucoup, que le pere

pleu-

„ pleuroit auffi , en fe defefpérant d'un
„ pareil malheur ”. Ecoutons Mirande,
Tailleur, qui dépofe ” qu'une voix pleu-
„ roit dans le fond du magafin, en répé-
„ tant fouvent, *ah, mon Dieu! ah, mon
„ Dieu*” ! Ecoutons le Sr Dafcure, qui
dépofe ” qu'ayant dit au fieur Calas dans
„ fon idiome , *vous êtes bien affligé,
„ Monfieur.* Celui-ci lui répondit , &
„ *comment ne le ferois-je pas? mon fils eft*
„ *mort* ”.

Ce font-là les témoins qu'il falloit
croire, d'autant plus que les Calas de-
mandoient à prouver que la plûpart de
ceux qui défiguroient leurs clameurs,
n'avoient pû, phyfiquement même, les
entendre des lieux où ils étoient : & l'on
refufe de recevoir leurs preuves ! & l'on
préfere d'ajouter foi à ceux qui , plus
éloignés du bruit, n'ont entendu que
des cris confus, & qui, tant par crainte
du Monitoire que par faux zele, ont cru
devoir les appliquer à l'accufation in-
tentée !

Ainfi la crainte des Cenfures eccléfiaf-
tiques produit fur eux ce double mal,
que d'abord elle abufe leur imagination,
& qu'enfuite elle les force d'en mettre
au jour les fruits trompeurs. Ainfi tout
fe dénature, fe corrompt dans leurs cer-
veaux

veaux crédules, pour y prendre la dangereuse empreinte du préjugé qui les subjugue. Ainsi les sages leçons inspirées à un pere par les sentimens de l'honneur & par la piété paternelle, le font passer pour le plus execrable des monstres ; & ce sont les foudres de l'Eglise qui portent la flamme sur le bûcher qu'on lui prépare.

Ces grossieres erreurs formoient cependant les révélations les plus fortes. C'étoit-là les seules dépositions directes des témoins qui pussent parler d'après eux-mêmes. Le reste n'étoit qu'un méprisable amas de *oui-dire* que la Justice rejette, & que proscrivoit la raison. A voir avec quelle indécence & en quel nombre les témoins accouroient & s'offroient d'eux-mêmes, l'Hotel-de-Ville paroissoit moins un Tribunal qu'une assemblée de conspirateurs. Plus de cent cinquante hommes furent admis à déposer de ces *oui-dire* intarissables. En effet, que n'avoit-on pas oui sur un évenement aussi grave, & dont s'entretenoient sans cesse la Ville, la Province, la France entiere? Que de faits controuvés & semés par la violente animosité des Partis: peut-être aussi par de secrets motifs de jalousie & de vengeance: peut-être mê-

me

me par la feule fatisfaction de nuire; car on prétend qu'il eft des ames effentiellement noires qui placent leur joie dans le malheur d'autrui. Mais fur-tout que de fables créées par ces élans naturels aux hommes vers les objets finguliers & fortis de l'ordre! comme fi les puiffances de notre ame trop vaftes ou trop avides pour être fatisfaites par la fimplicité de la vérité , avoient befoin de s'agiter dans la fphere immenfe des menfonges.

Et cependant de cette foule de dépofitions fur *oui-dire* , & conféquemment nulles, il n'en eft qu'une qu'il foit befoin de rapporter ; parce qu'elle eft la plus forte de toutes, & la feule qui ait trait immédiatement au fait même. C'eft celle de la femme du Peintre Mathey. Cette femme, dans fa dépofition, a dit „ qu'une „ femme nommée *Mandrille* , lui avoit „ dit, qu'une demoifelle qu'elle ne con- „ noiffoit ni ne reconnoîtroit, lui avoit „ dit, que le foir de la mort de Marc- „ Antoine, elle avoit entendu Jean Calas „ dire à fon fils, *tu veux toujours faire à* „ *ta tête, je t'étranglerai :* à quoi le fils „ avoit répondu, *ah, mon pere, que vous* „ *ai-je fait ! laiffez-moi la vie*". Voilà inconteftablement le plus important des *oui-dire* que l'inquifition ait raffemblés :

&

& je croirois manquer à mes lecteurs de m'arrêter à en montrer l'abfurdité.

Mais tandis que l'ardent Monitoire opere fi violemment fur les efprits, quel nouveau fpectacle vient s'offrir & redouble la fievre qui les agite ? Quel eft ce convoi funéraire qui fort de l'Hôtel-de-Ville avec tant d'appareil ? Il s'avance à pas lents vers la Cathédrale de S. Etienne. Cinquante Prêtres l'accompagnent. Les Pénitens blancs, revêtus des attributs de leur Confrairie, font cortege. Vingt mille hommes fuivent le corps. Qui le croiroit ? C'eft au Proteftant Marc-Antoine que l'on décerne avec cet éclat les honneurs de la fépulture ecclésiaftique. Vainement le Curé, homme refpectable & inftruit, refufe de prêter fon Eglife pour une cérémonie fi étrange. Vainement remontre-t-il aux Magiftrats municipaux que rien ne prouve la converfion de Marc-Antoine, & que l'inftruction, qui concerne ce point effentiel, dure encore. Que peuvent les droits du raifonnement contre la force de la paffion ! Soit que le fanatifme continuât d'exercer fur le fieur David fon empire ; foit plûtôt que l'amour propre, fi terrible quand il fent fes torts, en eût pris la place ; & qu'au malheur d'avoir mal entamé une affaire

d'un

d'un si grand ordre, ce Capitoul eût fait succéder la fausse honte de reculer & de se démentir, ou l'inquiétude d'attirer sur soi la chaleur qu'il avoit excitée contre les Calas : les Capitouls avoient ordonné que le cadavre seroit inhumé en terre sainte.

Par-là, l'on enterroit la preuve du suicide, qui ne pouvoit être constaté que par la représentation du corps. Par-là, l'on supprimoit les confrontations qu'il en falloit faire, tant aux témoins qu'aux accusés, & pour lesquelles on avoit eu le soin de prévenir la corruption des chairs. Par-là, l'on retenoit la multitude avec plus d'avantage & moins de crainte dans une persuasion profonde que Marc-Antoine devoit se convertir. On sent s'il importoit au sieur David que le Curé de S. Etienne consentît à l'exécution de l'Ordonnance. Aussi, pour vaincre la résistance qu'il y apporte, va-t-on jusqu'à l'assurer que les charges établiront l'orthodoxie du mort.

Que cette assertion étoit fausse! C'est peu de dire que les charges ne l'établissoient pas ; elles prouvoient elles-mêmes le contraire ; car une vérité d'un grand poids, c'est que les monitions de l'Eglise n'avoient fait venir à révélation aucun Prê-

Prêtre qui eût préparé, dirigé, confeffé
Marc-Antoine. Combien ce fait, pour
qui fçait entendre, dit de chofes! Malgré
la fulmination de l'anathème, nul Con-
feffeur, nul Directeur, nul Controverfifte,
nul Catéchifte, pas même le Curé de
la Paroiffe fur laquelle Marc-Antoine ha-
bitoit, nul homme enfin, de quelque
état qu'on le fuppofe, ne dépofoit qu'il
eût inftruit ce profélite, qui devoit faire
dès le lendemain de fa mort, une abjuration folemnelle.

Mais fi le filence univerfel de tout Ec-
cléfiaftique fur les préparatifs indifpenfa-
bles pour une fi grande œuvre, faifoit
connoître que Marc-Antoine ne s'en oc-
cupoit point: que maintenant la dépofition du fieur Challier nous apprenne ce
qu'au contraire il projettoit. C'étoit
d'être reçu Miniftre à Geneve pour prêcher les Proteftans de France: eft-il
étonnant qu'avec de telles difpofitions il
n'eût ni Livres, ni Guides Catholiques?
Il y avoit à peine un mois qu'il avoit confié ce deffein à Challier. Celui-ci indiquoit
un autre confident, qui, comme lui, avoit
été préfent à ce difcours. Pourquoi donc
n'avoir point fait entendre ce fecond témoin d'un fait fi décifif & fi précieux,
puifqu'en effet toute l'accufation n'avoit

pris

pris fa fource que dans la fauffe opinion des efprits fur une abjuration fuppofée.

Et que de fautes de la même efpece furent commifes! Pourquoi n'entendit-on pas les témoins, qui en Septembre 1758. avoient vu Marc-Antoine tenir aux environs de Mazamet un enfant qu'un Miniftre proteftant baptifa? Pourquoi n'avoir point admis ceux qui au mois d'Août 1760. l'avoient vu dans une Affemblée de Religionnaires aux environs de Vabres à Braffac? Pourquoi n'avoir point admis ceux qui l'avoient vu au mois de Mai & de Juillet 1760. affifter à des enterremens de Proteftans? Ces témoins auroient dit avec quelle touchante énergie il s'y expliqua publiquement de l'excellence qu'il croyoit voir dans la Religion proteftante. Le jeune Baux auroit dit que le jour même qu'il fut reçu au ferment d'Avocat, ayant demandé à Marc-Antoine s'il n'en feroit pas bien-tôt autant, celui-ci lui avoit répondu : *je regarde la chofe comme impoffible, étant de la Ville, par conféquent trop connu. Comme je ne veux pas faire des actes de Catholicité, j'y ai renoncé.* Le Curé de S. Etienne auroit dit que Marc-Antoine lui avoit demandé, il y avoit environ dix-huit mois, un certificat de Catholicité : mais que l'ayant remis juf-

qu'à

qu'à ce qu'il vit un billet de fon Confef-
feur qui fit foi de fes fentimens, il n'a-
voit plus entendu parler de ce jeune
homme. Le refpectable M. de la Mothe
auroit dit qu'ayant tenté de remporter la
même victoire fur Marc-Antoine que fur
fon frere Louis, celui-là lui avoit déclaré
„ que les réflexions ne fervoient qu'à
„ l'affermir de plus en plus dans la foi
„ de fes peres ".

Voilà les faits juftificatifs dont les Calas
offroient la preuve. Ces témoignages
valoient bien, ce me femble, ceux des
perfonnes qui, pour les raifons qu'on à
vues, l'avoient quelquefois rencontré à
nos offices & à nos fermons. Mais, on l'a
dit, le parti étoit pris d'impofer filence
à quiconque vouloit parler pour les Calas.
Il eft même à propos qu'on fçache par
quels détours le fieur Challier étoit parve-
nu à faire admettre la dépofition favorable qu'on vient de voir. Ce ne fut qu'en
annonçant vaguement qu'il avoit à révéler des chofes très-importantes, & fe donnant fur-tout bien de garde de les fpéci-
fier le moins du monde : de forte que
dans l'incertitude de fçavoir s'il avoit à
parler pour ou contre, & dans la crainte
de perdre un dire à charge, on l'enten-
dit. Pour les autres ils furent moins
adroits,

adroits, & réduits à ligner aux Calas leurs
certificats des faits qu'ils auroient dit.
Mais sous prétexte que ces pieces n'é-
toient pas judiciaires, les Capitouls n'en
tinrent aucun compte.

Au reste, quand tous ces faits auroient
fait partie des informations, elles n'en
auroient pas eu plus de poids; puisqu'à
les prendre dans l'état même où elles se
trouvoient, elles suffisoient pour démontrer à tout homme impartial que Marc-
Antoine, loin de vouloir abjurer le pro-
testantisme, tendoit plûtôt à en devenir
un jour un des plus bouillans zélateurs.
Et cependant c'est dans ces circonstances
qu'un Officier public ose promettre que
les charges porteront au plus haut degré
d'évidence la catholicité du défunt; &
c'est à la faveur de cette assertion témé-
raire, qu'il surprend à un Pasteur, trop
facile, la permission de profaner son Eglise
par une inhumation défendue.

Qui pourroit dire le mélange d'impres-
sions diverses que cette pompe funebre
fit sur le peuple? La douleur, l'indignation, l'inhumanité, la pitié succedent,
ou plûtôt se confondent dans tous les
cœurs. Ce n'est plus délire, c'est phré-
nésie. On ne prie plus pour le mort, on
l'invoque; on se prosterne sur la tombe du
nou-

nouveau Saint ; les uns touchent la bierre,
les autres coupent des franges du linceul ;
des bruits de miracles fe répandent. Le
lendemain les Pénitens blancs célébrent
un faftueux Service. Au milieu s'éleve
un magnifique catafalque, furmonté par
un fquelette humain qui repréfente Marc-
Antoine. Il tient d'une main une plume,
emblême de fon abjuration ; de l'autre,
une palme, fymbole de fon martyre.
Tous les ordres de Religieux affiftent par
députés au Maufolée. Animés d'une in-
décente émulation, les Cordeliers font un
autre fervice d'un éclat non moins fcan-
daleux. Le peuple y court avec même
tranfport ; & tous afpirent au pieux honneur d'être les bourreaux des Calas.

Quelle juftice ces infortunés pouvoient-
ils attendre de Juges qui venoient d'au-
torifer ce fafte fanguinaire ? Avoir permis
cette pompeufe inhumation du fils, n'é-
toit-ce pas avoir ordonné d'avance le
fupplice du pere ? & s'ils s'étoient fi ou-
vertement déclarés, comment pou-
voient-ils refter Juges ?

Une autre caufe de récufation s'é-
levoit contre eux : c'étoit l'irrégularité
des confrontations. Ils les cafferent, &
en firent eux-mêmes de nouvelles. Autre
vice : car les nullités naiffoient en foule
dans

dans cette trifte caufe. On a vû que les verbaux ne furent point faits fur le champ & fans déplacer : l'Ordonnance pourtant le vouloit. On a vû qu'ils ne furent point dreffés à décharge comme à conviction : l'Ordonnance pourtant le vouloit. On a vû que ce n'étoit point l'Official qui avoit accordé le Monitoire: & l'Ordonnance le vouloit encore. On a vû que les Calas y étoient défignés à ne s'y point méprendre ; & l'Ordonnance le défendoit. Enfin quoique les Juges euffent ouvert leur avis par l'Ordonnance de l'enterrement, qu'ils euffent fait des confrontations nulles, qu'ils les euffent recommencées d'eux-mêmes, ils n'eurent pas la bonne-foi de fe récufer ; & cependant c'étoit le vœu de l'Ordonnance. Que de défauts de formalités fe joignoient à l'injuftice du fond! Il fembloit qu'indignée des intentions de fes Miniftres, la Juftice leur refufât jufqu'à fon langage & fes formes.

Ce fut le 18 Novembre 1761, que les Capitouls s'affemblerent pour prononcer. Le fieur David, ce récufable perfécuteur, prit féance parmi fes collegues. Un fait qu'on nous affure, quoiqu'il nous femble incroyable, c'eft qu'avant de monter fur le fiege, il conduifit lui-même
le

le Bourreau dans la maifon du mort, & fit enfuite courir le bruit dans Touloufe que, d'après la vûe des lieux, le Bourreau avoit jugé le fuicide impraticable. Quoique les Juges obfervent de donner aux Jugemens criminels les heures du matin, où la tête eft plus nette, l'efprit plus pur, les Capitouls rendirent leur Sentence à cinq heures du foir. Calas pere, fa femme, & Pierre leur fils furent condamnés à la queftion ordinaire & extraordinaire. Le fieur Lavaylfe & la fervante à la queftion ordinaire. Leur Sentence leur fut lûe à tous. Auffitôt ils en appellerent ; & quoique cet appel les affranchit de la Jurifdiction des Capitouls, ceux ci leur firent mettre les fers aux pieds comme à des fcélérats convaincus.

On s'attendoit que la Tournelle obtiendroit un nouveau Monitoire, qui cette fois feroit *à décharge comme à charge* ; qu'elle admettroit les faits juftificatifs, d'où réfultoient des preuves directes de l'innocence des accufés; qu'elle commenceroit par prononcer fur le fort de la fervante & de Lavaylfe, afin de les remettre dans leur véritable claffe de témoins. C'étoit-là l'ordre naturel & légal. Mais par un enchainement incompréhenfible de defaftres qui fuivi-

D   rent

rent les Calas jusqu'au milieu du Sénat de Toulouse, tout ordre fut renversé dès l'origine jusqu'à la décision de ce fatal procès. La Tournelle caffa, il est vrai, la Sentence des Capitouls; mais fur un fimple défaut de forme. Elle laiffa fubfifter d'ailleurs toute leur procédure, & continua l'information. Ce fupplément ne produifit rien de nouveau. Les mêmes chimeres débitées devant les premiers Juges, furent réitérées en la Cour : Et l'affaire fut mife fur le Bureau le 9 Mars 1762.

Treize Juges s'affemblent à la Tournelle. Ils propofent de juger d'abord Calas pere. Cet avis paffe. On fait fortir de fes cachots ce malheureux vieillard.

Comme il traverfe la Cour du Palais, pour fubir fon dernier interrogatoire, un bûcher enflammé frappe fes yeux. On y brûloit un écrit calvinifte. A l'afpect du bourreau, des archers, de la populace & des flammes, il croit voir le lieu de fon fupplice. Les gardes qui le trainent lui laiffent croire que c'en eft l'appareil. Ce fpectacle ébranle tout fon être, éteint toutes fes facultés, y répand toutes les horreurs de la mort. Son interrogatoire fe reffent de cette commotion ; il ne peut, dans fon accablement, ni oppofer les vices de formes qui détruifent toute la
pro-

procédure, ni remontrer qu'on lui a en-
levé toute défense légitime, ni faire va-
loir les faits justificatifs qui l'absolvent.
Il n'a la force que d'élever une voix
mourante, pour protester qu'il n'a point
tué son fils. Les Juges qui ignorent la
cause de son trouble, le prennent pour
l'embarras du crime, & croyent y lire
enfin l'aveu dont ils avoient besoin pour
se rassurer contre eux-mêmes.

Que si dans ces précieux momens le
vieux Calas eût retrouvé ses pensées &
sa voix, & qu'armé de cette intrépide
fierté, qui rend l'innocence formidable au
milieu même de ses fers, il leur eût adres-
sé ces cris puissans de la Nature: Que
méditez-vous, ô mes Juges ? qu'allez-
vous faire ? Etes-vous des pères, des
magistrats, des hommes ? Celui dont
vous cherchez le meurtrier, étoit mon
fils ; & ce titre ne m'a point défendu
dans vos cœurs! Les excès d'un peuple
fanatique prépareroient-ils vos oracles?
Vous, arbitres du sort des hommes,
vous rendriez-vous les esclaves de la multitude, & les ministres de ses fureurs?
J'ai vieilli sous vos yeux: quels forfaits
ont souillé ma vie? Est-ce donc par l'as-
sassinat de son fils, qu'un homme s'ou-
vre la carriere des crimes ? Quels témoins m'ont vû l'égorger ? S'il en est

D 2   un

un qui le foutienne, qu'il fe montre,
qu'on le faififfe, & inventez de nou-
veaux tourmens pour ma mort ; fi je ne
confonds pas l'impofteur. Mais non:
ils ont tous redouté la peine attachée au
parjure ; & parmi ces fiots d'ennemis, que
le faux zele a foulevés contre moi, aucun
homme n'a ofé publier qu'il m'eût vû commettre le forfait. Quelles preuves prétendez vous donc m'oppofer ? Sont ce
ces fanglantes abfurdités qu'a enfantées
dans les ténebres la haine d'une Religion
qui fait mon crime ? Sont ce ces infrac-
tions fans nombre de vos Capitouls, qui
m'ont ravi les deux témoins de mon defefpoir & des pleurs dont je baignois le
corps de mon fils ? Sont-ce ces maufolées
& cette palme du martyre que les Miniftres de vos autels ont décerné folemnellement à un homme, qui peut être. . . .
Daigne le Dieu de clémence, qui fait fon
crime, l'abfoudre comme ont fait vos
Pontifes ! Mais vous, Sénat affemblé pour
m'entendre, craignez d'ordonner mon
fupplice. Oui, c'eft pour vous que je
le crains. Eh ! que m'importent à moi
mes jours ? je touchois au bord de ma
tombe. Un inftant de fouffrances me
va délivrer d'une vie dont la perte &
fur-tout le crime demon fils, me ren-

                              doient

doient les reftes infupportables. Je
vous la livre : mais écoutez. Le voile
tombera de vos yeux. Alors le glaive
de la douleur déchirera jour & nuit vos
entrailles. Les careffes de vos enfans
redoubleront vos maux , vous rappelle-
ront le fupplice d'un pere innocent :
Et dans le plus délicieux fentiment que
l'ame humaine puiffe éprouver , la vôtre ne
trouvera que l'affreux poifon du remors.

Puifque la notoriété publique a fait dif-
paroître le rideau qui voile d'ordinaire
les deliberations des Tribunaux , il faut
qu'on fache que la prépondérance d'une
feule voix forma l'Arrêt.

De treize Juges , fept opinerent à la
mort : un des fix autres fe joignit enfuite
aux premiers. Par cet Arrêt Jean Calas
fut condamné ,, à être d'abord appliqué
,, à la queftion ordinaire & extraordinai-
,, re, à être rompu vif, à expirer fur la
,, roue , après y avoir demeuré deux
,, heures, & à être jetté au feu ".

Calas fupporta la queftion avec cette
héroïque réfignation qui n'appartient qu'à
l'innocence. On le preffe par des tor-
tures de déclarer le nom de fes complices.
Où il n'y a point de crime , répond-il , *il
ne peut y avoir de complices.* A l'amende
honorable il déclare que pour l'expiration

D 3

de

de fes fautes, il offre à Dieu de grand
cœur le facrifice de fa réputation & de fa
vie ; mais il protefte qu'il meurt innocent du crime qui les lui coûte.

La conftance majeftueufe que ce vieillard fait paroître en marchant au fupplice, & fur-tout l'afcendant inévitable de
la vertu, commencent à élever dans tous
les cœurs des fenfations confufes de com-
paffion, de repentir. Avant que le Bourreau rempliffe fon miniftere, le Pere
Bourge s'approche, embraffe la victime,
& la ferrant dans fes bras: ,, Mon cher
,, Frere, lui dit ce refpectable confolateur,
,, vous n'avez plus qu'un inftant à vivre.
,, Par ce Dieu que vous invoquez, en
,, qui vous éfperez, & qui eft mort pour
,, vous, je vous conjure de rendre gloire
,, à la vérité". *Je l'ai dite*, répond Calas
en levant les yeux vers le Ciel. Puis
reportant fur le Religieux un regard d'é-
tonnement & de tendreffe: *eh quoi!* dit-il,
pourriez-vous croire auffi qu'un pere eût vou-
lu tuer fon fils? Auffitôt le Bourreau leve
fur lui la barre redoutable. A cette vûe
tout le peuple friffonne. Chaque coup,
dont Calas eft frappé, retentit au fond
des ames: & des torrens de larmes s'e-
chappent, mais trop tard, de tous les
yeux.

Le

Le premier coup n'arrache au Patient qu'un cri fort modéré ; il reçoit les autres fans la moindre plainte. Placé enfuite fur la roue, il implore de nouveau le Ciel, le conjure de ne point imputer fa mort à fes Juges, s'éleve par fes propres fouffrances aux plus hautes contempla- tions, & adreffe au Pere Bourge ces atten- driffantes paroles: *Je meurs innocent ; Je- fus-Chrift, l'innocence même, voulut bien mourir par un plus cruel fupplice. Dieu punit fur moi le péché de ce malheureux qui s'eft défait lui-même ; il le punit fur fon frere & fur ma femme : il eft jufte, & j'adore fes châtimens. . . . . . Mais ce jeune étranger, à qui je croyois faire politeffe en le priant à fouper ; cet enfant fi bien né, ce fils de M. Lavayffe, comment la Providence l'a-t-elle enveloppé dans mon malheur ?* Il parloit en- core quand le Capitoul David, pour couronner dignement fon ouvrage, s'é- lance vers l'échafaud, & s'écrie :" mal-
„ heureux, vois-tu ce bucher qui va
„ réduire ton corps en cendres ? Dis la
„ vérité ". Pour toute réponfe, Calas détourne la tête avec effort, regarde l'exécuteur ; celui-ci frappe, & l'innocent expire.

Son héroïfme toucha les Magiftrats. Ils procéderent au Jugement des autres

Ac-

Accufés. Ceux-ci perfeverent à foutenir unanimement qu'ils ètoient tous innocens: que Calas pere l'étoit comme eux: que ce vieillard étoit refté toujours avec eux, fans qu'ils fe fuffent un feul inftant quittés les uns les autres. Par un fecond Arrêt les Juges mirent hors de Cour la veuve Calas, le jeune Lavayffe & la Servante; & ils bannirent Pierre Calas fur un propos irréligieux qu'un témoin, nommé Cazeres, lui avoit imputé.

Tel eft le récit déplorable de l'un des plus tragiques événemens qui ayent paru fur la fcene du monde. Nos regrets & nos pleurs ne rendront point le vertueux Calas à fes fils. Mais il eft & au pouvoir & du devoir des hommes de leur rendre du moins l'honneur; non cet honneur de fentiment intime qui forme la vertu, ils n'ont point perdu celui-là; mais cet honneur d'eftime & d'opinion publique qu'on ne devroit perdre qu'avec l'autre. Les malheureux fils de Calas fe jettent donc aux pieds du Trône, où eft affis le meilleur des Rois; ils le conjurent au nom du Dieu qui juge les Rois de la terre, de réhabiliter la mémoire de leur pere innocent. S'ils refpirent encore; s'ils n'ont point fuccombé fous leurs maux, ils le doivent au courage que la

na-

nature & que l'honneur leur prêtent pour s'acquitter de ce devoir facré.

Mais que me refte-t-il à faire pour leur apprendre à le remplir ? Le feul récit des faits n'a-t-il pas défendu leur Caufe ?

Que pouvons-nous, foibles Orateurs que nous fommes, dans ces fortes d'événemens, où la feule fimplicité du fait eft plus éloquente mille fois que nos efforts & nos difcours ? Comme pourtant il eft de mon devoir de ne négliger rien dans une affaire de cette importance : Préfentons à préfent les réflexions qu'elle fait naître.

M O Y E N S.

Une voix s'eft élevée dans Touloufe qui a imputé à Calas le meurtre de Marc-Antoine. Voilà fans doute le plus exécrable des forfaits qu'il foit poffible à l'homme de commettre. S'il eft vrai que le parricide Calas ait plongé le poignard dans le cœur de fon propre fils, le bûcher & la roue n'ont rien de trop cruel pour un tel monftre. ,, Mais que de ,, preuves & qu'elles preuves, difoit ,, l'Orateur de Rome, un accufateur ,, doit-il produire d'une action fi révol-

D 5   ,, tante,

„ tante, & qui autant par sa scélératesse
„ que par sa rareté tient du prodige ”.
Observons que ce grand homme parloit
ainsi de l'attentat d'un fils sur la vie de
son pere. „ Il faut prouver, dit-il en-
„ core, que ce fils est un monstre d'une
„ audace effrenée , perdu de mœurs ,
„ souillé de tous les vices, coupable de
„ tous les crimes, plongé dans un abîme
„ d'égarement & de fureur qui rend tout
„ croyable ; & si ses noirceurs sont accu-
„ mulées, si sa perversité est au comble,
„ alors seulement écoutez les témoins.
„ Tant la force du sang réclame contre
„ cette affreuse idée ! Tant il est incom-
„ préhensible qu'une créature humaine
„ surpasse assez en cruauté les bêtes fé-
„ roces pour arracher la vie à celui dont
„ elle l'a reçue ” !

Si le respect que Ciceron portoit à la
nature de l'homme, lui faisoit mettre à
des conditions si hautes l'admission des
témoins contre un fils accusé d'avoir tué
son pere : Quelle méfiance plus religieuse
encore ce Jurisconsulte philosophe n'eût-
il pas inspiré contre ceux qui inculpoient
un pere du meurtre de son fils. Ce n'est
pas que je veuille calculer les degrés de
l'un & l'autre crime ; l'émotion & le
trouble qu'ils causent m'empêcheroient

de

de les pefer d'une main fûre. Mais fans prononcer fur l'atrocité des deux ames, il me femble que le forfait d'un pere à moins encore de vraifemblance, fe conçoit moins que le forfait du fils ; non pas parce que l'amour defcend plûtôt fur les enfans qu'il ne remonte vers les peres : comme s'il s'agiffoit de tendreffe dans cette queftion de crime ! mais parce que les jours d'un pere font fouvent un obftacle aux paffions d'un fils pervers, au lieu que les méchans ne donnent fouvent l'effor aux leurs, que par intérêt pour leurs fils.

Qu'on fe peigne cette inconteftable vérité, parée des traits dont l'Orateur Romain l'auroit ornée: quels grands effets elle produiroit fur tous les cœurs! quels Juges ne rougiroient d'admettre des dépofitions contre un pere! Pour nous ne tentons point de mêler l'éloquence aux raifons. Et loin de dire que la vie de Calas paffée toute entiere dans le fein de l'honneur, que fa douceur & fa probité reconnues, que fa modération & fes bontés pour fes enfans, que fon amour pour un fils catholique, que fes principes fur la liberté des confciences devoient repouffer loin de lui les témoins, demandons au contraire où ils font.

Nous

Nous verrons, lorſqu'ils auront paru, ce qu'ils ſont eux-mêmes : car chacun ſçait que cet examen a lieu dans les accuſations ordinaires. Et certes! les accuſateurs d'un forfait qui bleſſe autant toute vraiſemblance qu'il dégrade notre nature, méritent bien qu'on les examine comme les autres. Peut-être les jalouſies que l'intérêt engendre, peut-être ces diviſions cauſées par la diverſité des cultes leur ont dicté ou payé leurs menſonges; mais encore une fois qu'ils paroiſſent.

O jugement incroyable & terrible, que pour l'honneur de ma patrie, je voudrois pouvoir arracher des annales de notre ſiecle! Calas eſt mort dans les tourmens. C'eſt pour expier une parricide que les Juges ont ordonné ſa mort. Et un ſeul homme ne s'eſt pas rencontré qui ait pû dire : ,, j'ai vu le crime''.

Mais c'eſt ici que la ſurpriſe va redoubler. Deux témoins irréprochables & jugés tels par les propres Juges de Calas, ont dit d'une voix unanime : ,, Nous ,, avons vu qu'il n'a point commis le for,, fait. Nous étions avec lui dans le ,, tems même où Marc-Antoine a péri ,, loin de nos yeux & des ſiens''. Et Calas eſt mort ſur la roue! & les témoins n'ont point partagé ſon ſupplice! Ils n'é-
toient

toient donc point ses complices, quoiqu'ils fussent avec lui dans le tems où
Marc-Antoine est mort. Ils n'ont donc
point été parjures, en attestant qu'ils
étoient avec lui. Mais si les Juges ont
déclaré par leur Arrêt, qu'ils n'étoient ni
complices ni faux témoins, il est donc
démontré que Calas pere, qui étoit avec
eux, a été innocent comme eux. L'é-
vidence de ce raisonnement est pal-
pable.

Par quelle fatalité les Juges ne l'ont-ils
pas saisie. C'est qu'ils n'ont reconnu l'innocence des témoins, qu'après la mort du
malheureux Calas. C'est qu'ils s'étoient
mis, par l'interversion de leur procédure,
dans le cas de ne pouvoir la reconnoître
plûtôt, & dans un tems où cette innocence des témoins auroit démontré celle
de Calas. Qu'il étoit injuste en effet de
commencer par dévouer à la mort &
faire exécuter Calas, avant que d'avoir
éclairci si ses co-Accusés étoient innocens
ou coupables ! Il étoit évident, par le
genre même de l'accusation, que ceux-
ci ne pouvoient être trouvés innocens,
sans que Calas ne partageât leur innocence. Il falloit donc, les droits de la Vérité
le vouloient ainsi, il falloit pour fixer le
sort de l'un d'entre eux, s'être mis à
por-

portée de prononcer fur le fort de tous:
parce qu'en effet l'abfolution ou la condamnation de tous étoit inféparable. Et
cependant le jugement eft porté contre
Calas; c'eft trop peu dire, il eft exécuté:
Et fa caufe n'étoit pas inftruite encore!
Non, fa caufe ne l'étoit pas: car la caufe de Calas n'étoit pas uniquement fon
procès perfonnel. C'étoit l'enfemble des
co-accufations qui la formoit. Fatale pré-
cipitation! qui a trop fait connoître que
le mépris des regles conduit toujours à
l'injuftice. C'eft ainfi qu'impliqués dans
l'accufation d'un complot , les témoins
furent dépouillés du feul rôle qu'ils duf-
fent faire. C'eft ainfi qu'au moment, où
pour l'honneur de la vérité, de la juftice,
de la religion, de l'humanité & du repos
public, ils auroient dû voler à la défence
du vieillard qu'on traînoit à la mort, ils
étoient eux-mêmes chargés de fers : &
qu'auffi innocens que lui, ils fe réfignoient
au même fort.

Ne difons point que les Magiftrats attendoient des douleurs du fupplice, quelque aveu qui éclairât le Jugement qu'il
leur reftoit à rendre. Cette conjecture
eft trop odieufe. Mais du moins eft-il
vrai que l'idée de complot dont ils étoient
frappés, a pu feule déterminer leur décifion. S'ils

S'ils avoient fçu, ce qu'ils ont trop tard reconnu, que ni la mere, ni Pierre fon fils, ni fa domeftique, ni le jeune Lavayffe n'étoient coupables; ils auroient vu qu'indépendamment de ces puiffans moyens, tirés & des droits du fang, & des mœurs pures de Calas, il étoit phyfiquemens même impoffible qu'un homme débile, affoibli par foixante-huit ans de travaux, & dont les jambes étoient enflées & chancelantes, eût faifi, dompté, attaché, fufpendu feul, fans aide, fans complice, un jeune homme de vingt-huit ans, connu par fa vigueur & fon adreffe aux exercices du corps. Non, ce n'eft point pour livrer à fon fils un combat, dont l'idée feule fait trembler le cœur le plus ferme, qu'un foible vieillard eut recouvré fes forces. Qu'il les retrouve, qu'il fe ranime pour le défendre: voilà les feuls prodiges que la Nature enfante.

Veut-on connoître les vrais fentimens qu'elle infpire ? voyons-les dans l'intrépidité qui foutient la refpeétable mere Calas. A peine les fers font tombés de fes mains que, malgré les maux qui l'épuifent, & toute effrayée encore des erreurs où les Miniftres de la Juftice tombent, elle quitte fa patrie, fes parens, fes confolateurs, elle accourt : fe jette

aux

aux pieds du Trône, ofe reclamer de nou-
veaux Juges, demande au Prince, avec
des pleurs de fang, ou la réhabilitation de
fon époux, ou la mort.

Son crime eft le mien, s'écrie-t-elle,
ou mon innocence eft la fienne. Oui,
s'il a mérité; SIRE, le fupplice, je le
mérite, & fi la liberté que m'ont ren-
due mes Juges m'étoit dûe, il faut à
mon époux une réparation éclatante. Ils
l'ont jugé *atteint & convaincu d'avoir commis un homicide fur la perfonne de fon fils.*
Voilà les termes de leur fanglant Arrêt.
Eh! pourquoi donc refpirai-je encore,
moi qui étois à fes côtés, qui ne l'ai
point quitté, qui le voyois, lui parlois,
le touchois à l'heure fatale où Marc-
Antoine eft mort? Prétendront-ils que
ma main n'a point fait le coup? Mais
ma main ne l'a point empêché. . . . La
vengeance, je le fçais, SIRE, n'eft point
faite pour moi. Mais mon époux eft
mort; il a péri dans les fouffrances &
dans l'ignominie. Nous partageons mes
fils & moi fon opprobre comme fon innocence. Et ce n'eft pas l'intérêt de ma
feule famille; c'eft l'honneur de vos Tribunaux; c'eft la fureté de vos fideles
fujets; c'eft la gloire de votre augufte
Regne que je défends, en reclamant contre

tre une flétriffure qui ternit de fi grands objets. Ainfi s'exprime la veuve Calas par
fes douleurs & fes courageufes démarches.

Quelles conféquences tout ceci fait-il
naître ? Trois également invincibles.
C'eft que les Juges n'auroient pas dû prononcer fur Calas, avant que de déci-
der le fort de ceux qui n'avoient contre
eux nul Accufateur. C'eft qu'aujourd'hui
que les Juges reconnoiffent que les co-
Accufés n'étoient point des complices,
mais des témoins, ils ne jugeroient plus
Calas de la maniere qu'ils l'ont jugé. C'eft
encore que fi les Juges de Calas ont eux-
mêmes retracté leur premier Arrêt par
un autre, le Trône que les fils de Calas
ont aujourd'hui pour Tribunal, doit ré-
tablir folemnellement leur honneur. Comment détruire ces argumens? Que répon-
dra-t-on à ces preuves?

Dira-t-on que pour trouver dans l'Arrêt de Touloufe cette injuftice manifefte
dont les réhabilitations font l'effet, il
faudroit que le Confeil eût fous les yeux
le vrai coupable, & que celui-ci décla-
rât que c'eft lui-même qui a tué Marc-
Antoine ? S'il en eft ainfi, il faut dire
que tout pere d'un fils qui fe détruit,
doit être trainé fur l'échafaud : puifqu'il
eft d'une phyfique impoffibilité de ren-

E   con-

contrer le meurtrier d'un homme qui n'en
a eu d'autre que lui-même ; & que pourtant, faute de trouver cet être imiginai-
re, qui n'exifta jamais, on doit rouer,
brûler le pere du mort, non feulement
malgré l'abfolue privation de toutes dépofitions à fa charge, mais même au
mépris des témoins irréprochables qui le
juftifient. Cette idée ainfi mife en principe
feroit horreur. Et cependant qu'à t-on
fait dans cette Caufe, finon de la mettre
en action.

Mais fi d'un côté nul témoin n'a ad-
miniftré de preuves contre Calas, fi de
l'autre on n'a point écouté les témoins
qui en fournifloient en fa faveur, qu'à-t-on
donc confulté? des indices. Quels indices, grand Dieu ! De quel aveuglement
il a fallu être frappé pour regarder comme
indices d'un parricide, des faits émanés
tous de la feule tendreffe paternelle.
Cette propofition doit furprendre. Mais
avant que de la démontrer, je veux admettre pour un inftant qu'on eût même
rencontré des indices. Éft-il donc permis de condamner fur des indices?

Si quelques Auteurs l'ont avancé,
fuivons-les dans la maniere dont ils en-
tendent cette propofition ; & l'on verra
qu'en admettant le mot, ils rejettent évi-
demment-

demment la chofe. Ils exigent en effet
que les indices foient indubitables (*). Ils
veulent qu'on en puiffe conclure, mais
d'une conféquence néceffaire , que tel
hom-

(*) Julius Clarus , prat. Crim. lib. 5. parag.
fin. q. 20. n. 5.

Bornier fur le Tit. 19. de l'Ordon. de 1670.
art. 1.

Ferrier *in verbo Indice* ; les indices font des
conjectures.

Danti de la preuve par témoins, pag. 175.

Dargentré, art. 4. fur Bretagne *in verbo préfomption.*

Mornac fur la loi VI. C. *de dolo atque adeo in
multis fallit.* Dargentré, cod. no.

Albéricus , qu'un de nos Auteurs appelle
fummæ autoritaris vir & magnus Praticus. Tract.
Malef. tit de præf. & ind. indub. Q. 1.

Les plus rigoureux exigent même pour la
torture, qu'il concourt au moins un témoin *de
vifu.* Lacombe des mat. crim. p. 520.

Barth. fur la Loi 1. parag. 4. de quæft , n. 3.

Rebuffe , *de reprob. teft.* n. 55.

Bornier fur Ranchin , *in verbo Teft.* art. 106.

Alexandre, lib. 7. Conf. 2. n. 12. cap. 10.
extra de præf.

Tiraqueau , de pæn. n. 107.

Bolde fur la Loi 1. cod. de fav. fug. n. 16.

Ariftos. in Rhetor. cap. 13 & 15 * Cap. Car.
Mag. l. 7. c. 186.

Addit. fur Jul. Clar. n. indic. indubi.

Je dois ces citations aux Mémoires imprimés
de M. Sudre , célebre défenfeur des Calas à
Touloufe.

homme a commis le crime ; qu'il eſt im-
poſſible qu'il ne l'ait pas commis. *Ut res*
ſe aliter habere non poſſit.

Or ce qu'on entend par indices, me-
ne-t-il jamais-là ? Que laiſſeroient-ils à
faire aux preuves ? N'en different-ils pas
au contraire, en ce que celles-là condui-
ſent à la certitude, ceux-ci aux doutes ?
Ils ne ſervent qu'à nous ouvrir des ſoupçons, qu'à nous faire naître des opinions
& des inquiétudes. Or eſt-ce de ces
combinaiſons hazardeuſes, de ces trompeurs rapprochemens qu'il eſt queſtion en
matiere de crimes ? Que nos conjectures,
que nos ſyſtêmes s'exercent à découvrir
des vérités cachées : mais qu'ils reſpec-
tent la vie des hommes. La Loi veut,
pour la leur ôter, des preuves plus claires
que la lumiere, *luce clariores*, dit-elle. Or
ce n'eſt point de la lumiere de nos eſprits
que la Loi parle. Qu'elle eſt vacillante
& trompeuſe cette lumiere que les hommes ſe conteſtent entr'eux, qui montre
à l'un ce que l'autre ne peut voir, que
les paſſions offuſquent, que nos relations
affoibliſſent ! Mais la Loi parle de cette
lumiere naturelle, qui n'a rien d'arbitrai-
te, dont l'aſtre du jour éclaire l'œil de
l'homme, *luce clariores.*

Et pour citer, ſur un ſi grave ſujet, les
plus

plus graves autorités, qu'on écoute fur le danger des indices d'un des premiers & des plus illuftres Souvérains de cette Monarchie. "Qu'un Juge, dit Charlemagne, „ ne condamne jamais * qui que ce foit „ fans être sûr de la juftice de fon Juge- „ ment; qu'il ne décide jamais de la vie „ des hommes par des préfomptions ; „ qu'il voye la preuve claire, & après „ cela qu'il juge. Ce n'eft pas celui qui „ eft accufé qu'il faut confidérer comme „ coupable, c'eft celui qui eft convain- „ cu. Il n'y a rien de fi dangereux ni „ de fi injufte au monde que de hafarder „ à juger fur des conjectures. Toutes „ ces fortes d'affaires, où la preuve con- „ fifte en indices, & ne va qu'à former „ un doute, doivent être réfervées au „ fouverain jugement de Dieu , & les „ hommes doivent fçavoir que toutes fois „ & quantes qu'il n'a pas voulu leur don- „ ner le parfait éclairciffement d'un cri- „ me, c'eft une marque qu'il n'a pas vou- „ lu les en faire Juges, & qu'il en a „ réfervé la décifion à fon tribunal.

Gardons-nous de mêler nos foibles ré- flexions aux oracles de cet Empereur immortel. Ajoutons feulement que l'augufte

(*) C'eft la traduction de Danti.

E 3

gufte Prince qui porte aujourd'hui fa Couronne , porte auffi dans fon cœur fes maximes. Si l'on demande pourquoi, fi rigoureux fur la néceffité des preuves pour les crimes ordinaires, Charlemagne n'a pas dit quel exès de circonfpection & de prudence il falloit fur-tout apporter dans le jugement des parricides? Nous demanderons à notre tour pourquoi Athenes, fi célebre par les chef-d'œuvres de légiflation nés dans fon fein, n'avoit point établi de peines contre un tel crime? Et le fage Solon répondra qu'elle fe fut réprochée d'avertir par-là des hommes qu'il fut poffible de le commettre.

C'étoit du crime des fils que parloit le Légiflateur. Quant à celui des peres, l'idée n'en étoit feulement pas née dans l'efprit des peuples. Et comme s'il étoit inutile de dénommer ce qui n'exifte pas, ni la langue des Grecs, ni celle des Romains, ni la nôtre, n'ont eu de termes pour exprimer ce genre de forfait. Que ce filence eft énergique ! c'eft le plus digne hommage que les mœurs rendent à la nature.

Mais un crime pire que celui contre lequel Athenes n'avoit point décerné de peines; mais un crime pire que celui contre lequel l'Orateur de Rome ne vouloit

loit point qu'on admit de témoins; mais un crime que ni la langue des Grecs, ni celle des Romains, ni la nôtre n'ont exprimé par aucun mot, a été cru & puni par nous : non feulement fans témoins qui l'euffent vû commettre : non feulement malgré les témoins qui auroient prouvé l'*alibi*: non feulement fans avoir même ces indices que nos Ordonnances réprouvent comme infuffifantes : mais fur des bruits qui, examinés de plus près, ne prouvoient eux - mêmes que l'amour d'un pere pour fon fils.

Calas vivroit encore s'il n'eût pas fuivi fon devoir & fon amitié paternelle. Il a, dit-on, fait à fon fils de violentes menaces plufieurs femaines avant fa mort. Il lui a dit: " fi tu ne changes, ou fi tu „ changes, tu périras". Selon d'autres, "je „ t'étranglerai". Selon d'autres, " je te „ fervirai de bourreau „.

Qu'une réprimande trop méritée par Marc-Antoine foit ainfi traveftie en menaces de mort pour caufe de Religion, on éprouve au récit de cette révoltante métamorphofe tout ce qu'une ame fenfible & forte peut contenir d'indignation. Mais à l'émotion que nous caufe l'odieux abus qu'on a fait des plaintes les plus fondées, fubftituons, s'il fe peut, la mar-

E 4   che

che paisible du raisonnement, & faisons cet effort sur nôtre douleur de discuter avec sang froid.

Le pere, dans ses menaces, a-t il parlé de Religion? Non; les témoins n'en disent pas un mot. Un seul en parle, & un témoin unique est nul. Pourquoi donc & de quel droit tourne-t-on les menaces du pere vers cet objet? Mais c'est par interprétation; c'est par une application fort probable aux circonstances de l'affaire. Quoi! des allusions, des vraisemblances dans une Cause de cette nature! Parlons plûtôt le langage des Loix. Tout, en matiere de crime, est de rigueur: l'axiome est juste & connu. Donc quand l'homme, à qui le Ciel auroit départi la plus grande droiture de sens, seroit sûr, d'après ses calculs, que les discours de Calas se rapportoient à un changement de Religion, il suffiroit que le mot n'eût pas été prononcé, pour qu'on dût mettre l'induction à l'écart.

Mais poursuivons, & voyons de quels faits cette induction résulte. De ce que Marc-Antoine étoit prêt, dit on, d'abjurer.

Mais à présent cette nouvelle allégation a besoin elle-même de sa preuve. Où la trouver? Je le demande. Est-ce

dans

dans ce goût ardent que Marc-Antoine montroit pour les assemblées du Desert, & tous les genres de cérémonies protestantes ? Est-ce dans sa resistance aux tentatives d'un Magistrat qui vouloit l'éclairer ? Est-ce dans cette privation de tout livre Catholique qui pût l'instruire ? Est-ce parce que la voie du Monitoire n'a fait connoître aucun Prêtre qui l'eût préparé à changer ? Est-ce parce qu'il avoit avoué à ses amis, peu avant sa mort, que ses vûes étoient d'être Ministre, pour prêcher la croyance de Calvin. Mais il a quelquefois paru à nos sermons. C'étoit peut-être cet esprit-là même de controverse & de dispute qui l'y poussoit. Mais on l'a vû de même à nos offices. Eh ! a-t-on oublié que par-là il espéroit surpendre ce billet de Catholicité qu'il lui falloit pour le Barreau. Son espoir est déçu ; son Curé veut qu'avant tout un Confesseur lui certifie ses sentimens ; aussi-tôt Marc-Antoine disparoit, sans plus revenir vers son Pasteur. Quelle foule de preuves qu'il ne vouloit point deserter la foi protestante !

J'ai dit ces choses : je le sçai bien. Mais peut-on les trop dire, quand on songe que l'édifice de l'accusation portoit tout entier sur l'abjuration prétendue ?

E 5   Car

Car cette bafe étant fappée, tout croule.
Mais s'il faut aux Lecteurs une preuve
nouvelle des difpofitions de Marc-Antoine, en voici une émanée encore de lui-
même. C'eft une Lettre que l'année de
fa mort il écrivoit au fieur Cazeing fon a-
mi : " Tu trouveras incluse une Lettre
„ pour mon frere, que je te prie de lui
„ remettre cachetée après l'avoir lûe.
„ Aide-le, je te prie, de tes confeils.
„ Je parlerai à mon pere pour lui, quoi-
„ que nous foyons dans une circonftance
„ critique, puifque d'un côté nous ref-
„ fentons beaucoup la mifere du tems,
„; ET DE L'AUTRE NOTRE DESERTEUR NOUS
„ TRACASSE. Il veut faire contribuer,
„ & il agit par la force „.
Deux réflexions naiffent de cette Lettre; l'une étrangere au point préfent, mais
que nous nous reprocherions d'omettre.
C'eft que ce fils, fi odieux à fon pere,
avoit fur lui le principal crédit, & étoit
le médiateur entre lui & fes autres enfans.
L'autre, c'eft que ce n'étoit point pour
deferter & abjurer lui-même qu'il appelloit
fon frere Louis, qui avoit abjuré, *un de-
ferteur*, En voila trop pour établir que
ce ne fut point la Religion qui attira au
fils les reproches d'un pere mécontent.
Quelles caufes donc les lui mériterent ?

Je

Je l'ai dit encore. L'indécifion, l'incon-
ftance, l'oifivété, l'humeur violente &
fombre de Marc-Antoine, & fur tout fa
paffion invincible pour le jeu. Dans la
crainte que cette paffion n'entrainât fon
fils à fa perte, *malheureux*, lui dit-il un
jour avec force, *fi tu ne changes, tu périras*. C'eft ce mot qui, pris à contre-
fens, fut, comme on fçait, empoifonné
par l'efprit de vertige qui tournoit alors
toutes les têtes. Si donc Calas, indiffé-
rent aux écarts de fon fils, eût négligé
fes devoirs de pere, il vivroit encore.
Peres & meres, frémiffez tous. Quand
vos fils vous affligeront, & qu'ils auront
befoin de vos corrections paternelles, me-
furez, pefez, calculez les difcours & les
geftes que la douleur, la colere, l'amour,
les droits du fang vous infpireront. Les
bêtes féroces n'écoutent point vos reproches à votre porte, pour attendre, comme a dit l'Apologue, que vous livriez
vos enfans à leur rage: mais des hommes, plus redoutables qu'elles, faififfent
vos paternelles menaces, pour vous livrer vous-mêmes comme parricides à
la mort.

Calas vivroit encore fi le fpectacle de
fon fils mort ne lui eût point arraché des
cris perçans. Mais fes entrailles fe dé-
chi-

chirent à cette vûe : Et les lamentables
fanglots du pere font pris pour les efforts
& les gémiffemens du fils. C'eft aux témoins qui font tombés dans cette affreufe
erreur qu'on ajoute foi , & non à ceux
qui moins éloignés ont mieux entendu ,
& non à ceux qui ont vu par eux-mêmes
les mouvemens de defefpoir de cette famille éplorée. On fe perfuade que ce
defordre n'eft que vaine grimace & que
feintes. On fuppofe , comme a dit le
Défenfeur des Calas à Touloufe, qu'un
pere, qu'une mere, qu'un frere, qu'un
ami, ont foupé tranquillement avec celui
qu'ils avoient projetté d'étrangler.

On fuppofe qu'ils fe font mis à commettre avec le même fang froid un parricide qui en renferme trois à la fois. On
fuppofe qu'ils ont commis leur crime à
l'entrée de la nuit, & fur la rue la plus
peuplée & la plus fréquentée de la Ville ;
comme s'ils ne pouvoient pas attendre ,
pour immoler plus furement leur fils,
qu'il s'offrit à eux ou fans témoins à la
campagne, ou fans défenfe dans fon lit
& fon premier fommeil. On fuppofe
qu'ils ont eu l'art, la précaution & le
fang-froid de prendre entre eux cette délibération étrange : après avoir tué Marc-
Antoine, nous refterons tranquilles tant
de

de tems ; puis nous poufferons des cris
douloureux ; l'un d'entre nous ira chercher des Chirurgiens , l'autre des Officiers de Juftice. Le peuple accourera;
& nous ferons tellement maîtres de nous-
mêmes , que notre vifage , nos difcours ,
tout notre extérieur , repréfenteront la
douleur la plus vraie & la plus naturelle. On fuppofe en un mot que le même
lieu , la même heure , ont raffemblé cinq
monftres qu'à peine compteroit-on fur la
furface de la terre.

Ainfi la follicitude & l'amour de Calas
pere pour fon fils Marc-Antoine , tant
qu'il a vêcu : Ainfi l'affliction profonde
où l'a plongé fa mort , ont paru , par un
renverfement de toute raifon & de tous
fentimens , des indices de parricide. Quel
effroyable égarement étoit réfervé à nos
jours !

Que Marc-Antoine n'a-t-il pu prévoir ,
au moment où il s'alloit détruire , de
quels malheurs fa mort feroit fuivie !
cette perfpective l'eût arrêté , lui eût
épargné un crime , à fes parens l'opprobre , aux Magiftrats l'amertume du repentir.

Je n'ai ici qu'une objection à craindre :
je ne veux point me la diffimuler. C'eft
qu'une erreur de cette nature doit paroître

tre incroyable à tous: Chacun doit dire: non, il n'eſt pas poſſible que les Juges livrent ainſi l'innocent au ſupplice. Ils n'ont de ſatisfaction, ils n'ont même d'intérêt qu'à bien faire. Elevés tout dans cet amour du bien public, dans cet eſprit conſervateur, qui ſçait que la force d'un Etat réſide dans la ſûreté des membres qui le compoſent, la vie du dernier des hommes leur eſt trop chere pour que la négligence ou la prévention les abuſe. Voilà ſans doute ce que chacun s'eſt dit. Cette idée frappe; elle eſt ſpécieuſe: j'y dois répondre.

Une voix de moins contre Calas, & Calas ne périſſoit point. Car la Loi veut que dans les Jugemens en dernier reſſort l'avis le plus ſévere prévale * de deux voix. Or, parmi les treize Juges de Calas, il y en eut cinq qui s'oppoſerent à l'Arrêt. Donc ſi l'un des huit autres Juges qui balança long-tems entre la vérité & l'erreur, n'eût enfin penché de ce dernier côté, il y auroit eu ſept voix contre ſix. Alors le parti *le plus doux*, pour parler le langage de l'Ordonnance, ou, pour parler celui de l'étroite équité, le parti le plus juſte l'eût emporté. C'eſt donc, à dire vrai, l'erreur d'un ſeul homme qui donna la mort à Calas. Et

cette

cette erreur devient dès là plus facile à comprendre. Elle eſt dès-là plus vraiſemblable mille fois que ne l'eſt le crime d'un pere devenu l'aſſaſſin de ſon fils. Car s'il n'eſt que trop naturel aux hommes d'errer & de s'égarer dans leurs voies, ſi au contraire notre nature ſe ſouleve & frémit au ſeul penſer d'un pere égorgeant ſes propres enfans ; il eſt donc plus à croire, j'ajouterai même, pour l'honneur de l'humanité, qu'il eſt plus à ſouhaiter qu'un pere ait péri par l'erreur, à laquelle ſont ſujets tous les hommes, que pour un meurtre dont les Tigres ne ſont point capables.

Que ſi la Loi pouvoit exercer ſeule ſon ſacré miniſtere, les Jugemens ſeroient toujours auſſi exacts, auſſi parfaits que les Magiſtrats le deſirent. Car Dieu lui-même, qui peut d'un ſouffle détruire le cours & l'harmonie des aſtres, ne peut changer l'ordre moral de l'univers, & a rendu immuables comme lui, les loix qu'il a données aux hommes. Si donc la Loi reſpiroit & parloit elle-même, les foibleſſes, les illuſions, les ſurpriſes, toutes ces vapeurs de la terre ne s'éleveroient point juſqu'à elle. Mais elle n'arrive à nous que par l'organe de ſes Miniſtres. Les reſpectables dépoſitaires de

ſes

ſes volontés ſont des hommes : & bien que leurs intentions ſoient droites, leurs cœurs incorruptibles, leurs lumieres ſupérieures : telle eſt l'humiliante fatalité attachée à notre condition, que les plus ſages d'entre les hommes ſe trompent, s'abuſent, & font des fautes.

J'en atteſte les mânes des Langlade, des Lebrun, des Baragnon, & de tant d'autres innocentes victimes de la foibleſſe & des nuages de l'eſprit humain.

Mais ce n'étoit point, dira-t-on, d'avoir étranglé leurs enfans que ces malheureux étoient accuſés. Les crimes dont on les noirciſſoit, plus communs, plus ordinaires, rendoient l'illuſion plus facile.

Cela eſt vrai : mais auſſi ce n'étoit point un peuple fanatique qui les accuſoit. Si donc les Accuſateurs des Langlade leur prêtoient des crimes plus vraiſemblables, la Ville où s'éleverent les Accuſateurs des Calas, étoit auſſi plus diſpoſée à tout adopter. Car que ne croit un peuple dont s'eſt emparé l'enthouſiaſme? L'erreur, puiſée dans le faux zele, connoît-elle des bornes? Le fanatiſme rend tout croyable, parce qu'en effet il rend tout poſſible. Et quels obſtacles l'arrêteroient? Quel frein ſupporteroit-il?

il? puifqu'il s'élance hors des régions de
la nature. C'eft à la voix de l'Eternel
qu'il croit répondre. Ce font les intérêts
des Cieux qu'il croit venger. C'eft une
palme immortelle qu'il fe propofe. Tout
eft furnaturel dans fes caufes ; tout eft
monftrueux dans fes effets. C'eft au fein
même de la Religion & des vertus qu'il
va puifer fes crimes; & c'eft fur-tout ce
qui le rend incurable & terrible. Le remors fait balancer un Criminel prêt à
frapper : le fanatifme n'a de remors qu'à
balancer. Il ne dit point comme le vil
affaffin: je commettrai le crime dans les
ténebres ; car je dois craindre l'œil des
hommes. Il dit: je publierai mon meurtre devant mes Juges ; je m'en glorifie-
rai fur l'échafaud: car je ne crains que
l'œil de Dieu qui me l'ordonne. Sembla-
ble à ces malades furieux qui pour fe jet-
ter fur des phantômes gigantefques, rom-
pent les liens qui les arrêtoient au feul lieu
où l'intérêt de leur fanté les place: le fanatifme, brifant de même tous les nœuds
qui retiennent dans l'ordre, frappe, ren-
verfe, immole tout pour arriver au but
célefte où il croit tendre.

Voilà les effrayans excès que le fanatifme imputoit aux Calas , parce que le
fanatifme eût été feul capable de s'y livrer.

vrer. C'eſt ce ſuperſtitieux délire qui forma & répandit les nuages, qui étouffa toutes lumieres, qui ſçut, à la faveur de ſes ombres, ſurprendre la religion des Juges.

Qu'on ſe retrace l'impulſion & l'activité que donna aux eſprits ce Monitoire qui peignoit les Calas, *tenant conſeil pour étrangler Marc-Antoine, & le faiſant mettre à genoux pour exécuter cette délibération exécrable.*

Qu'on ſe rappelle avec quelle rapidité ce toxin ſonné contre eux dans nos Egliſes, fit éclater la prévention & les fureurs du peuple.

Qu'on ſe retrace les innombrables fautes des premiers Juges, produites d'abord par le faux zele, puis par la honte de s'en dédire. Car tel eſt l'homme que l'exercice de ſes devoirs tient ſouvent plus à l'amour-propre qu'à la vertu. Cette vérité eſt humiliante; mais il l'a fallu dire, parce que toute vérité doit être dite pour venger une ſi grande erreur.

Qu'on ſe retrace cette illicite & faſtueuſe inhumation, cette palme, ce Cenotaphe, & tant d'autres tableaux que j'ai eu tant de douleur à préſenter. Ce fut cette illuſion générale qui prépara malheureuſement le piége, que, malgré leur

leur fageffe, une partie des Juges n'évi-
ta point. Car l'injuftice ne fouilla point
leur ame ; ce fut cette nuit épaiffe, que
le fanatifme avoit répandue fur la Ville,
qui leur couvrit les dangereux écueils où
ils tomberent.

Mais il me femble entendre un Cen-
feur m'arrêter & me dire : ces imputa-
tions de fanatifme que vous faites à la
populace de Touloufe, font des fictions
créées pour la Caufe. Le fanatifme eft
un ancien mal dont le germe eft deffé-
ché parmi nous. Ces excès ont paffé.
Il y a long-tems qu'on eft revenu du pre-
ftige. Et par vos injuftes reproches vous
outragez ce fiecle de lumiere.

Mais vous qui le prétendez ainfi, ré-
pondez. Dites-moi de quel nom vous
appellerez ce forfait dont le peuple chargeoit les Calas? Un pere, une mere &
un frere ont été accufés d'avoir mis à
mort leur enfant, pour le punir du deffein d'abjurer. Quel nom encore une fois
donnerez-vous à ce crime ; Me nierez-
vous que ce ne foit-là de tous les fanatif-
mes le plus terrible? Il eft donc trop
vrai qu'il en exifte néceffairement un
dans cette horrible affaire, foit de la
part des pere & mere, s'ils ont étranglé
leur fils, foit de la part du peuple, s'il a,

par

par fes extravagantes calomnies, formé ces prétendus indices, qui ont porté le plus tendre des peres fur la roue.

Or duquel des deux côtés le chercherons nous ? Eft-ce dans le cœur d'un pere ? Eft-ce ce fanatifme le moins vraifemble, le plus rare ; celui plûtôt dont on n'a point d'exemples ; celui enfin dont la fauffeté eft évidemment établie ? Eft-ce celui-là qu'il faut admettre de préférence à ce fanatifme populaire, le plus ordinaire, le plus concevable, & pour tout dire, fi bien prouvé ?

Ah ! fi Calas eût étranglé fon fils, ce fanatique auroit-il protefté jufqu'au dernier foupir qu'il n'en étoit point le bourreau ? N'eût-ce pas été plûtôt fur l'échafaud que, déployant tout fon enthoufiafme & fa joie, il eût fait vanité de fon meurtre ? Eut-il voulu, échouant au port, perdre, par un menfonge impie, cette couronne d'immortelle gloire qu'il croyoit dûe à fon forfait ?

Mais fi ce n'eft pas le cœur de Calas que le fanatifme enflamma, c'eft donc celui du peuple. Eh ! de quel peuple ? Son zele outré fut reconnu dans tous les tems. Ouvrirai-je les faftes de l'hiftoire ? Avec quelle oftentation Touloufe s'y glorifie d'avoir, plus que toute autre Ville,

des

des Loix de fang contre l'hérefié ! A
Dieu ne plaife que j'applaudiffe au mê-
lange des Dogmes ! Mon attachement à
la Foi où j'ai eu le bonheur de naître,
m'éloigne de ces penfées. Mais je fçais
que la plus belle des vertus qu'enfeigne
aux hommes une Religion, établie elle-
même fur la terre par la douceur & la
patience: c'eft la charité, c'eft l'amour
pour nos femblables, qui font nos freres.
D'ailleurs ce n'eft point aux Pontifes, qui
exercent fur nos confciences l'autorité Di-
vine, que je m'adreffe. C'eft à des Magiftrats Civils, qui, occupés des actions
& des faits, embraffent d'un coup d'œil
tout ce que des inquiétudes publiques re-
trancheroient à la tranquillité, des émi-
grations à la force, des injuftices à la
gloire de ce Royaume.

Non alibi, dit M. de Gramont, Préfi-
dent au Parlement de Touloufe, Hift.
Gall. lib. 30. *in hærefes armantur feverius
leges, & cum Calviniftis fides publica edicto
nannetico debeatur qua mutuo nectimur ha-
bendis fimul commerciis & una adminiftran-
dis rebus numquam fe Tolofæ credidere fecta-
riis, quo fit ut una inter Galliæ urbes immunis
fit hæretica labe, nemine in civem admiffo
cujus fufpecta fit apftolica fides.* Rapellerai-
je encore ce maffacre de Proteftans,

cé-

célébré tous les ans dans Toulouse par une fête, qui pour le malheur des Calas, se rencontra dans les jours de leur sanglante cataſtrophe ? Tirons le voile ſur ces triſtes objets. Supprimons les réflexions & les faits. Ne touchons point à des maux que la France voudroit oublier. Bornons-nous à parler de ceux que nous nous efforçons d'adoucir. Et puiſque la défence des infortunés Calas eſt complette, il ne nous reſte qu'à conjurer le Prince & ſon Conſeil au nom de la vérité expoſée ſous leurs yeux , de prononcer un Arrêt ſolemnel qui réhabilite avec éclat la mémoire d'un pere innocent, & rende l'honneur à ſes malheureux fils.

Et qu'on ne faſſe point aux Magiſtrats l'injure de dire qu'ils craignent de voir réformer leurs erreurs. Ces ſortes de craintes ne ſont connues que des ames vulgaires, parce qu'elles ignorent où réſide la véritable gloire. Pour eux, qui la méritent d'autant plus qu'ils mettent le devoir avant elle, ils ont l'ame trop élevée & trop pure, pour ne pas déſirer les premiers que l'on répare ce qui peut ſe réparer des maux que l'illuſion a faits. Leur équité n'eſt pas toujours à l'abri des ſurpriſes, elle eſt toujours inacceſſible à ces retours perſonnels, qui les dégraderoient.

roient. C'eſt cette grandeur d'ame qui
fait & l'eſſence & l'honneur de la Magiſ-
trature. C'eſt-là ſur-tout ce qui lui aſſure
nos reſpectts. Car ce n'eſt point comme
infaillible qu'elle obtient notre vénéra-
tion, puiſque le don d'infaillibilité ne fut
jamais l'apanage des hommes : c'eſt parce que la vérité & l'ordre ſont toujours,
quels que ſoient ſes Arrêts, l'objet de ſon
amour & de ſes veilles. Enſorte qu'elle
demeure toujours juſte, même dans ces
momens ſi rares d'égarement involontaire.

Enfin notre miniſtere eſt rempli. Car
ce n'eſt point à nous qu'il appartient d'é-
tendre au-delà nos penſées. Mais ſi
l'Auguſte Prince qui nous gouverne, porte plus loin ſes vûes ; s'il écoute les mouvemens généreux de ſon cœur ; s'il récon-
noît qu'il importe à ſa Juſtice & à ſa bien-
veillance d'anéantir une fête ſiniſtre, qui,
conſacrant des idées de carnage, entre-
tient le faux zèle, nourrit les haines ;
s'il détruit dans Toulouſe cet aliment de
diviſion & d'inhumanité ; & qu'il veuille
que l'abolition de la fête devienne une
époque honorable pour la mémoire de
celui dont elle a augmenté les deſaſtres :
reſpectueux Admirateur de la ſageſſe &
des lumieres de notre Roi, je publierai
d'avance ce qu'un jour répétera l'Hiſtoire

F 4   dans

dans fes monumens éternels. " LOUIS
„ XV. véritablement digne du précieux
„ titre de BIEN-AIMÉ, qu'il a puifé dans
„ le cœur de fes peuples, eft leur bien-
„ faiteur & leur pere.   Dans les mêmes
„ jours où il appaifoit les troubles & les
„ diffenfions du dehors, en donnant la
„ Paix au Royaume, il n'a pas dédaigné
„ de délivrer une de fes Villes d'un levain
„ de difcorde qui fermentoit depuis deux
„ fiecles dans fon fein. Par le retour de-
„ firé de la Paix, il arrête les flots de
„ fang qui couloient dans les Armées.
„ Par l'extinction d'une fête homicide,
„ il daigne rendre une juftice paternelle
„ au fang qui a coulé fur l'échafaud. Et
„ ce fecond bienfait n'eft pas indigne
„ d'être placé auprès de l'autre dans nos
„ Annales, puifque le fang d'un feul,
„ injuftement verfé par l'erreur, eft une
„ tache dans un Etat, tant que la mé-
„ moire de l'innocent n'eft pas vengée;
„ au lieu que, fi la guerre eft un fléau du
„ Ciel, du moins le fang que nous verfons
„ pour la défenfe & le fervice du Prince,
„ fait nôtre gloire.

Me LOYSEAU DE MAULEON,
Avocat.

www.ingramcontent.com/pod-product-compliance
Lightning Source LLC
Chambersburg PA
CBHW060440260626
47161CB00005B/2011